3

글쓰는기계 게임 판타지 장편소설

초판 1쇄 찍은 날 | 2019년 5월 7일
초판 1쇄 펴낸 날 | 2019년 5월 14일

지은이 | 글쓰는기계
펴낸이 | 예경원

기획 | 위시북스
편집책임 | 이규재
편집 | 위시북스

펴낸곳 | 예원북스
등록번호 | 제396-2012-000132호
등록일자 | 2012. 7. 25
KFN | 제1-405호

주소 | 경기도 고양시 일산동구 호수로 646-24 위너스21II빌딩 206A호 (우)10401
전화 | 031-819-9431 팩스 | 031-817-9432
E-mail | yewonbooks@naver.com

글쓰는기계ⓒ, 2019

ISBN 979-11-6424-288-7 04810
     979-11-6424-237-5 (set)

Wish
Books

나는 될 놈이다

3 글쓰는기계 게임 판타지 장편소설
WISHBOOKS GAME FANTASY STORY

CONTENTS

CHAPTER 1

그러나 태현의 생각은 달랐다.

물론 넥돈이나 펠마스가 믿음직스러운 건 아니었다.

'고문서를 카지노에서 잃는 놈들이 어디 있어?'

NPC들이 모두 믿음직스러운 건 아니었다. 그중에서는 형편없는 사람들도 많았다.

그렇지만 넥돈이나 펠마스는 좀 심한 수준!

그래도 태현은 둘을 데리고 갈 생각이었다.

'아키서스를 찾아 헤맨 건 저 둘이니까.'

맥크레니는 도중에 끼어든 사람일 뿐, 아키서스에 대해 더 잘 아는 건 저 둘일 것이다.

나중에 비기를 얻거나 관련된 퀘스트를 깨려면 둘을 버릴 수는 없었다.

물론 그건 태현의 생각이었고, 맥크레니는 그렇게 생각하지 않았다.

맥크레니 눈에 저 둘은 그저 막장 인생일 뿐!

"왜 넣어야 하지? 있어 봤자 도움도 안 될 놈들인데."

"신이 신도를 버리면 안 되지."

"무슨 소리. 교단 놈들 보면 잘 버리던데."

"······."

맥크레니는 쌓인 감정이 많은 것 같았다.

"아키서스를 오랫동안 찾아 헤맨 사람들이니 아는 것도 그만큼 많지 않겠어?"

"그래 봐야 얼마나······ 아니다. 됐다."

맥크레니는 포기했다. 일단 아키서스의 화신은 태현이었으니까.

앞으로 오랫동안 손을 잡고 같이 일하게 될 텐데 벌써부터 이런 것 때문에 티격태격할 필요가 없었다.

저 두 멍청이들이 보기 싫었을 뿐, 있다고 해서 뭐 큰일이 생기겠는가.

"그 정도면 손을 잡을 수 있나? 저 밖의 멍청이들을 안 버리고, 간섭 적당히 하고, 이 정도면?"

"뭐, 일단은 그 정도면 되겠지."

"좋아."

맥크레니는 손을 내밀었다. 태현은 그 손을 잡고 악수했다.

[대상인 맥크레니와 동맹 상태가 되었습니다.]

[명성이 100 증가합니다.]

[동맹 상대에게 공적치에 따라 요구할 수 있습니다. 과한 걸 요구하면 역효과가 날 수도 있습니다.]

[동맹이 파기될 경우 페널티가 있습니다.]

'이런 식이군.'

태현은 손을 놓고 다시 손을 내밀었다. 맥크레니는 뭐하냐는 표정으로 태현을 쳐다봤다.

"뭐지?"

"고문서. 동맹이잖아. 줘야지."

"아. 그 고문서. 물론 줘야지. 역시 아키서스의 권능을 원하는 건가?"

"당연하지. 화신으로서 힘을 늘리려면 권능을 모아야 하는 거 아닌가?"

"벌써부터 그렇게 의욕적이라니. 믿음직스러운데."

맥크레니의 말을 들은 태현은 살짝 불안해졌다.

왜 이렇게 고분고분하지?

맥크레니는 딱 봐도 만만한 사람이 아니었다.

게다가 왕국에서도 잘나가는 대상인 아닌가. 태현이 유리한 위치라서 막 나가기는 했지만 그걸 순순히 받아들이지는 않는 게 보통이었다.

"그래, 그래. 고문서를 바로 꺼내주지."

"잠깐만, 아니, 잠깐만."

"왜 그러지?"

"뭔가 이상한데. 너무 친절해."

"우리는 동맹이잖아? 동맹 사이에서 이런 게 뭐가 이상하다고 그러나?"

"그쪽은 동맹 사이여도 성격 더럽게 굴 것 같은데."

"지금 네가 내 건물에 있다는 걸 잊지 않았으면 좋겠군. 화신, 넌 내 부하들로 가득 차 있는 내 건물에 있다고."

"그래, 이렇게 협박하는 게 그쪽답지!"

"……."

맥크레니는 벽을 열고 금고의 문을 열어 문서를 꺼냈다.

"잘 봤어. 원래 동맹이라고 이렇게 친절하게 굴지는 않지. 내가 왜 이렇게 친절하게 그냥 넘겨주냐고? 그야 내가 뭘 안 해도 이건 충분히 어려워 보이니까."

"……!"

태현은 무언가 잘못 밟았다는 걸 느끼며 고문서를 받았다.

그 순간 뜨는 퀘스트창!

<직업 퀘스트 - 아키서스의 권능>

아키서스의 진정한 화신이 되기 위해서는 아키서스가 쓸 수 있는 권능을 모두 얻어야 한다.

전승에 따르면 고대의 화신은 아키서스의 권능을 사용했다고 한다. 그 화신의 행적을 따라가 권능을 찾아라.

보상: 아키서스의 권능

그리고 지도가 떴다. 제노마 시 밑에 있는 바다 위에 있는 섬. 태현은 무심코 중얼거렸다.

"섬?"

"그래, 섬. 근데 그냥 섬이 아니지."

"그냥 섬이 아니라고?"

"카테란드 섬에 대해서 들어본 적이 없나?"

태현은 눈썹을 찡그렸다. 들어본 적은 없었지만, 들어서 좋을 것 같지는 않았다.

카테란드 섬.

제노마 시의 항구에서 배를 타고 밑으로 내려가야 나오는 섬이었다.

그렇게 큰 섬은 아니었지만, 카테란드 섬은 악명이 높았다.

거기 있는 사람들 때문이었다.

"카테란드 해적단은 정말 지독한 놈들이지. 왕국에서도 벌써 몇 번 병사들을 보냈다가 실패했을 정도니까."

"왕국에서 병사들을 보냈는데도 실패했다고?"

"뭐, 그럴 만했어. 거기 섬이 워낙 요새거든. 배 타고 간다고 하더라도 올라가는 것부터가 문제지. 게다가 그놈들이 만만한 놈들도 아니니…… 왕국군이 놈들을 너무 우습게 본 거지."

카테란드 해적단이 왕국군 토벌대를 물리치고 나자, 더 이상 그들을 만만하게 여기는 사람들은 아무도 없었다.

모두 다 정면으로 부딪치는 걸 피하는 상황.

그리고 아키서스의 권능은 그 섬에 있었다.

"정확히는 그 섬 지하 유적에 있다는데, 카테란드 해적단이 그냥 들여보내 주지는 않겠지."

"친절한 설명, 아주 고맙다."

"화신이 없으면 들어갈 수도 없다지만, 있다고 해서 바로 들어갈 수도 있는 건 아니지."

맥크레니는 지도를 펼치더니 섬을 손가락으로 가리키며 말했다.

"보면 알겠지만 섬으로 들어갈 만한 곳이 없어. 다 암석 절벽이거든. 왜 왕국군이 실패했는지 알겠나?"

"아, 됐고. 그래서 넌 뭐를 도와줄 수 있는데?"

태현은 짜증을 내며 맥크레니의 말을 끊었다. 이곳이 가기 힘들다는 건 알았다.

지금 알고 싶은 건 그녀의 도움이었다.

"잠깐. 말하는 걸 잊었는데, 이건 네 권능을 얻기 위한 일이기도 하지만 나를 설득하는 일이기도 해. 그러니까 주의해서 하라고."

"뭐? 뭔 설득?"

이제 와서 설득이라니. 이게 무슨 소리?

태현은 고개를 갸웃거렸다.

"네가 진짜 신의 화신인지 말이야."

"내가 신의 화신인 걸 확실히 믿는 게 아니라고? 이제까지 한 건 뭔데?"

"반쯤은 믿지. 그렇지만 확실히 믿을 수는 없잖아? 우리는 오늘 처음 봤다고. 나를 확실하게 믿게 만들려면 증거를 보여 줘야지. 네가 저기 가서 화신의 권능을 가지고 오면……."

"아, 그러셔?"

태현은 바로 몸을 돌렸다.

이미 확신이 있었다. 맥크레니도 상당히 아쉬운 상황이란 것!

신의 화신이란 게 어디서 쏟아져 나오는 것도 아닐 테니, 태현이 사라지고 나면 사실상 다른 화신을 만나는 건 불가능에 가까웠다.

약점을 잡았을 때는 끝까지 가라.

태현은 철저하게 원칙대로 행동했다.

"잠, 잠깐. 어디 가는 거야?"

"믿을 만한 화신이랑 놀라고. 난 나 믿어주는 놈들이랑 놀 테니까. 저 멍청이들은 그래도 내가 화신인 거 의심은 안 하더라."

태현이 성큼성큼 걸어 나가자 맥크레니는 재빨리 일어나서 문 앞에 섰다.

늙은 사람의 움직임이라고는 믿을 수 없을 정도의 빠르기!

"안 믿는다는 게 아니잖……."

"그래, 그래. 반쯤은 믿는다고. 근데 그건 반쯤은 안 믿는다는 거잖아. 남은 반도 믿게 되면 찾아와라. 물론 그때 내가 어디 있을지는 나도 모르겠지만."

"내 입장도 생각해 봐라! 저 밖의 놈들이 찾은 화신이다! 저놈들을 확실하게 믿을 수 있겠냐!"

"……."

맥크레니의 목소리에는 처절함이 담겨 있었다. 살짝 동정심이 갈 정도로.

확실히 그건 그랬다.

태현도 펠마스와 넥돈이 뭔가를 찾아왔다면 의심부터 하고 봤을 테니까.

"행운이 아무리 높아도 권능을 보여주기 전까지는 난 확신

16 나는 군림한다3

을 할 수가 없다. 그게 내 원칙이다!"

"좋아. 이해해 주지."

"이해해 주는 건가!"

맥크레니는 안도의 한숨을 내쉬었다. 태현이 당장에라도 나갈 줄 알았는데, 저렇게 양보해 주다니.

"대신 도움은 확실히 받아야겠어."

"내가 해줄 수 있는 거라면 최대한 도와주겠다."

"잘됐네."

"……?"

태현이 씩 웃었다. 그 미소를 본 맥크레니는 갑자기 불안해지기 시작했다.

"아이고. 잘 오셨습니다. 맥크레니 님이 보내셨다고요? 이런 곳에 무슨 일로 오셨는지……."

"재봉술을 배우러 왔다. 처음부터 끝까지. 배울 수 있는 건 모두 다!"

"예? 재봉술을 말입니까?"

제노마 시의 재봉사 길드 마스터는 태현을 당황스러운 표정으로 쳐다보았다.

대상인 맥크레니가 만나게 해달라고 했을 때 이런 일인 줄
은 몰랐다.

"그, 길드의 재봉술은 원래 전문 재봉사들도 오랫동안 배워
야 익힐 수 있는 비기인데……"

"맥크레니한테 가서 말할까?"

"……비기인데, 태현 님께는 특별히 가르쳐 줄 수 있는 대로
가르쳐 드리겠습니다! 하하!"

돈 앞에서는 비기고 길드의 규율이고 뭐고 없었다.

[재봉술이 증가합니다.]
[재봉사 관련 직업이 없어서 스킬 습득에 페널티를 받습니다.]
[재봉사 관련 직업이 없어서 스킬 사용에 페널티를 받습니다.]
[뛰어난 재봉사가 직접 지도해 주는 것으로 인해 보너스를 받
습니다.]

초급 재봉술 4 (5%)
초급 옷 다듬기 5 (40%)
초급 장신구 다듬기 4 (30%)

'빠르군. 이 정도면…… 부탁한 보람이 있어.'

빠르게 성장하는 스킬들.

태현은 올라운더를 선호했다. 어떤 상황에서든지 대응할 수 있는 캐릭터.

혼자 플레이한다는 건 말이 간단했지 보통 어려운 게 아니었다. 당장 던전만 들어가도 혼자서는 클리어하기 힘들었다.

그런 것을 가능하게 만들어주는 게 이런 스킬의 다양성이었다.

맥크레니는 제노마 시의 대상이었고, 제노마 시는 이런 제작 길드들이 많았다.

당연히 연줄로 부탁이 가능!

옷 다듬기와 장신구 다듬기는 각각 천 계열의 방어구나 팔찌 같은 것을 일시적으로 강화시키는 스킬이었다.

재봉사들의 비기 스킬 같은 건 직업 제한 때문에 배울 수 없겠지만, 가능한 스킬은 모조리 배울 생각이었다.

"저 사람 뭐야?"

"왜, 왜 재봉사 길마가 데려가지?"

덕분에 재봉사 길드에 가입해서 열심히 수련하고 있는 플레이어들은 황당할 뿐이었다.

어느 곳이나, 길드 마스터는 아무나 만날 수 없었다.

플레이어들이 만든 길드도 그랬지만 이미 기존에 NPC들이 만든 길드들은 더더욱 그랬다.

길드의 규모가 크고 강력할수록 길드 마스터의 이름은 더 높아지게 마련.

생산 직업으로 하겠다고 마음먹은 플레이어들은 보통 그 직업에 맞는 길드에 들어가고 나서 하루만 되면 현실을 깨닫게 됐다.

아, 우리는 정말 아무것도 아니구나!

처음에 명성도, 레벨도 없고, 스킬도 별것 없을 때에는 길드 사람들이 어지간해서는 친절하지 않았다.

친절은 뭔가 길드에 기여를 하거나 다른 게 있어야 나오는 법이었다.

길드 마스터가 직접 지도해 주는 스킬? 꿈도 꾸지 못했다. 직접 대화하는 것도 아직은 멀었다.

그런데 갑자기 웬 플레이어 한 명이 오더니 길드 마스터와 바로 만나는 것 아닌가.

"저기, 잠깐만요!"

"잠깐만! 어떻게 길드 마스터하고 만난 겁니까?"

"어? 근데 저 사람 어디서 본 거 같냐?"

"……!"

걸어가던 태현은 움찔했다.

레드존 길드와 싸운 영상은 나름 인기를 끌었다.

레드존 길드가 워낙 깽판을 치면서 다른 사람들의 원한을 사기도 했지만, 관심을 살 요소들이 많았던 것이다.

랭커들이 적게 나온 거치고는 기록적인 수준의 조회수!

당연히 그걸 본 사람들이라면 태현이 누군지 궁금해했을 것이다.

태현의 얼굴을 보고서 '어디서 본 거 같지'라고 한다면 가능성은 하나밖에 없었다. 그 영상을 본 사람일 것이다.

'젠장, 이젠 얼굴도 숨기고 다녀야겠군.'

"앗! 가잖아!"

"잡아봐!"

"어, 어떻게?"

태현은 맥크레니가 붙여준 경호원들과 같이 움직이고 있었다.

말이 경호지, 사실은……

'감시지.'

태현이 받을 것만 받고 권능을 얻으러 떠나지 않을지 감시하는 이들!

맥크레니는 그런 면에서는 철저했다.

사실 맥크레니는 사람을 제대로 본 셈이었다.

태현은 퀘스트를 보다가 정 깨지 못할 것 같으면 도망칠 생각이었으니까.

전설 퀘스트든 직업 퀘스트든 일단 살아야 할 것 아닌가.

괜히 현재 상황에서 깨지도 못할 건데 억지로 부딪혔다가 죽기라도 하면 손해 보는 건 태현이었다.

나중에 내버려 뒀다가 깨도 됐다.

그렇지만 맥크레니 입장에서는 그게 아니었다. 태현이 받을 건 다 받고 언제까지 미루기만 한다면…….

"자, 태현 님. 한번 해보시죠."

"좋아. 해보자고."

[견습 마법사를 위한 로브를 제작합니다.]

[높은 행운으로 인한 보정을 받습니다.]

[신의 예지가 발동합니다. 제작에 보정을 받습니다.]

[뛰어난 재봉사가 옆에 있는 것으로 보정을 받습니다.]

태현은 능숙하게 가위와 칼, 실과 바늘을 다뤘다. 스킬 레벨은 낮지만 손을 쓰는 건 그 누구에게도 지지 않았다.

그 결과…….

[매우 잘 만들어진 견습 마법사를 위한 로브를 만들었습니다.]

"……!"

재봉사 길드 마스터는 태현이 만든 걸 보고 놀란 표정을 지었다.

분명 초짜였다.

맥크레니가 소개하지 않았다면 이런 사람을 직접 가르치지는 않았을 것이다.

그런데 지금 태현이 보여주고 있는 건 놀라운 재능이었다.

타고난 재봉사만이 보여줄 수 있는 재능!

"정, 정말 대단하시군요……!"

"뭘 이 정도로."

그러나 태현은 별로 놀라지 않았다. 이미 대장장이 일을 하면서 많이 겪은 반응이었으니까.

"혹시 재봉사 일에 더 관심이 있으시다면……."

"아, 그 정도까지는 아니고."

"……."

길드 마스터는 당황스러운 표정을 지었다. 아니, 그래도 그가 제노마 시의 재봉사 길드의 마스터인데 1초도 고민 안 하고 저렇게 즉답을 하나?

그러나 어쩔 수 없었다. 태현은 이미 전직을 한 상황.

"가르쳐 줄 수 있는 거나 더 가르쳐 주지?"

"아, 예……."

하품을 하던 루포는 태현이 재봉사 길드 마스터와 대화를 끝내자 물었다.

"볼일 다 봤습니까? 그러면 가시죠."

"가기는 어디를 가?"

"예? 해적단이 있는 곳으로 가려면 지금부터 준비를 해야 하지 않겠습니까?"

"아, 좀 더 배우고."

"……?"

루포는 갑자기 불안해지는 걸 느꼈다. 그러거나 말거나 태현은 아랑곳하지 않고 물었다.

"여기 제노마 시에서 가장 요리 잘하는 사람이 누구지?"

"……."

"시장의 전속 요리사라. 인맥이 좋긴 좋군. 이런 사람도 만날 수도 있고."

"아니, 지금 이렇게 요리나 배워도 됩니까?!"

"요리 무시하냐? 넌 밥도 안 먹고 사냐? 응?"

"아, 아니, 그런 소리가 아니라…… 지금 당장 해적단을 공격할 준비를 해도 모자랄 상황에……."

"참을성을 길러봐, 루포. 더 침착할 줄 알아야지. 펠마스나 넥돈 같은 놈들이 얼마나 침착한지 아나? 걔네들은 내가 버리고 들어갔는데도 지금 참고 기다리고 있잖아."

"그건 그냥 그놈들이 할 수 있는 게 아무것도 없으니까 그런 게……."

펠마스나 넥돈은 태현이 밖으로 나오자 발목을 붙잡고 늘어졌다.

"아이고, 저희를 버리지 마십시오!"

"안 버려. 안 버리니까 이거 좀 놔라. 걷어차기 전에."

일단 맥크레니의 허락을 받았으니 건물 안에 머무르게 할 수 있었다.

물론 맥크레니는 단호하게 조건을 걸었지만.

"저것들 도박하는 순간 무조건 쫓아낸다!"

같은 동맹이라고 자신의 카지노에서 저런 두 멍청이가 날뛰는 걸 볼 수는 없었다.

그래서 그들은 얌전히 기다리고 있는 중이었다. 태현이 제노마 시를 돌아다니며 기술을 배우는 동안.

"시끄럽고. 그래서 요리사는 어디 있지?"

"저 안쪽에 있습니다."

"오. 이건 그 요리사가 요리한 건가? 먹어도 되지?"

"먹어도 되긴 되는데……."

화려한 저택, 화려한 응접실. 맥크레니의 저택 중 하나였다.

과연 대상인이라고 할만했다.

판타지 온라인 2의 매력은 이런 것에 있었다. 정말 현실보다 더 현실 같은 현실감. 가장 완성도 높은 가상현실이라고 해도 과언이 아니었다.

태현이나 다른 랭커들처럼 레벨이나 경쟁에 목숨을 걸지 않는 사람들도 많았다.

이렇게 현실에서 경험할 수 없는 재미를 즐기는 것도 방법 중 하나였다.

"그러면 먹어야지."

"……해적 잡으러 안 갑니까?"

"일단 이것 좀 먹고."

태현은 벌꿀에 절인 고기 요리를 날름 집어먹었다. 루포가 옆에서 항의를 하든 말든 철저히 무시!

[벌꿀에 절인 참새 요리를 먹었습니다. 일시적으로 힘과 민첩이 오릅니다.]

[뛰어난 요리사가 만든 요리를 먹었습니다. 요리 스킬이 낮아 레시피를 얻을 수 없었습니다.]

[요리 스킬이 오릅니다.]

[체력이 영구적으로 1 오릅니다.]

[놀라운 솜씨로 잘 구워진 생선 요리를 먹었습니다. 일시적으로 지혜가 오릅니다.]

[뛰어난 요리사가 만든 요리를 먹었습니다. 행운으로 레시피를 획득했습니다. 레시피는 그대로 사용하거나 다른 요리를 만들 때 사용할 수 있습니다.]

[요리 스킬이 오릅니다.]

[체력이 영구적으로 2 오릅니다.]

빠르게 뜨는 창들!

태현은 싱글벙글 웃으며 요리를 먹기 시작했다. 옆에서 보던 루포는 어이가 없다는 표정으로 태현을 지켜보았다.

'저게 화신이야, 거지야?'

지금 해적들을 공략할 준비를 해도 모자랄 시간에 길드들을 돌아다니며 이렇게 시간을 낭비하고 있다니. 믿겨지지 않았다.

"크흠, 크흠."

"아, 오셨습니까. 이분입니다."

시장의 전속 요리사는 긴 수염을 만지며 헛기침을 했다. 루포는 그를 발견하고 태현을 소개했다.

"그래서, 이분이 요리를 배우고 싶어 하신다고?"

"예……."

요리사는 루포한테 손짓을 하더니 구석으로 이동했다.

"대체 왜?"

"……그러게 말입니다."

요리사는 이해가 가지 않았다.

맥크레니 같은 대상인이 불러서 요리를 해달라는 일은 자주 있었다.

그렇지만 요리를 배우겠다고?

맥크레니가 소개하는 사람이 요리를 왜 배우려고 하는지 이해가 가지 않았다.

물론 요리 스킬이 높은 요리사는 어디에서든지 대접을 받지만, 맥크레니와 친한 사람들은 보통 비슷한 대상인이거나 귀족이었다.

그런 사람들이 요리를 배우려고 할 이유가 없었다.

"요리를 얕보고 그러는 건가? 응?"

"아니, 그건 저도 잘……."

요리사는 불쾌하다는 듯이 헛기침을 했다.

맥크레니나 다른 귀족들이 하라고 하면 해야 하는 처지였지만, 그는 요리 실력에 자부심이 있었다.

만약 저 태현이라는 사람이 요리를 만만하게 보고 가르쳐 달라고 한 것이라면 혼쭐이 날 것이다.

"크흠. 알겠네. 한번 해보지."

"잘 부탁드립니다. 그냥 못 가르치실 것 같으면 내보내세요."

루포는 차라리 그게 낫다고 생각했다. 지금 태현은 이러고 있을 때가 아니었다.

빨리 해적단을 소탕하러 가야 하지 않겠는가.

'하라는 해적 소탕은 안 하고……!'

차라리 요리사한테 쫓겨나는 게 나을지도 몰랐다.

루포는 그렇게 생각하며 팔짱을 꼈다. 저 요리사는 만만한 사람이 아니었다.

요리에 대한 자부심도 있고, 성격도 깐깐했다.

당연히 태현은 요리에 대해 잘 모를 테니, 재봉사 길드에서처럼 잘 풀리지는 않을 것이다.

분명 조금 하다가 욕을 먹고 쫓겨날…….

"……?!"

그러나 얼마 지나지 않아 일어난 일은 루포의 예상과는 전혀 다른 일이었다.

"이, 이건…… 정말 대단해! 마치 생선이 살아 있는 것 같아!"

"그거 아직 요리 안 한 살아 있는 생선인데…….'

"크흠. 크흠."

요리사는 민망하다는 듯이 수염을 쓰다듬었다.

방금 착각하기는 했지만, 그 착각에는 이유가 있었다.

태현이 한 요리가 그만큼 대단했던 것이다.

레시피는 간단했다. 들어간 것도 별로 많지 않았다. 단순하게 토끼 고기와 향신료를 섞어서 만든 요리였지만, 그 맛이 상상을 초월했다.

그야말로 기적적인 밸런스!

일곱 가지 향신료를 섞은 토끼 고기 수프:

서로 맛이 맞지 않는 향신료 일곱 가지를 섞어서 만들었는데도 맛이 완벽한 요리. 서툰 요리사가 만들었는데도 이런 요리가 나왔다는 건 기적에 가깝다.

복용 시 영구적으로 체력 1 상승.

복용 시 일시적으로 힘, 민첩, 마력 상승.

요리 스킬이 초급인 요리사가 만들었다고 보기에는 정말 믿을 수 없는 요리였다.

요리사를 키우고 있는 다른 플레이어들이 보면 기가 막혀 뒷목을 잡고 쓰러질 수준의 요리.

사실 태현도 조금 놀라고 있었다.

'재료가 많아서 그냥 다 섞으면 좋겠다 싶었는데⋯⋯.'

요리 솜씨가 없어도 행운으로 커버가 가능할 줄은 몰랐다.

신의 예지 스킬로 적당히 향신료를 집어서 뿌리자, 나름의 밸런스가 맞춰진 것이다.

그러나 태현의 행운을 모르는 요리사는 놀랄 수밖에 없었다.

분명 요리하는 솜씨는 초보자에 가까운데, 나온 건 대단한 결과물!

덕분에 수프 옆에 놓은 살아 있는 생선조차도 요리로 착각할 정도였다.

"정말 대단하군! 대체 누구 밑에서 배웠나?"

"뭐…… 그냥 사냥꾼들하고 같이 지내면서 대충……."

"스승이 없는데도 이 정도라고?! 신의 손이라도 가진 건가!"

둘의 대화를 듣던 루포는 기가 막혀서 숟가락을 들고 수프를 떠마셨다.

"……!"

기가 막힌 감칠맛!

'아니, 이 인간은 대체 정체가 뭐야?'

화신인 줄 알았는데 왜 이런 요리 솜씨를 가지고 있단 말인가. 누가 보면 요리의 신의 화신인 줄 알 것 같았다.

덕분에 요리사는 신이 나서 태현의 손을 붙잡았다.

"좋아, 이래야 가르칠 맛이 나지! 내가 가르쳐 줄 수 있는 건 모두 가르쳐 주겠네!"

"저, 잠, 아니, 해적 잡으러 가야 하는……."

루포의 말은 허무하게 묻혀 버렸다.

[뛰어난 생선튀김을 만드는 데 성공합니다.]
[초급 요리 스킬이 중급 요리 스킬로 변합니다.]

"후, 드디어 됐군."
태현은 스킬 창을 확인했다. 다양하게도 올라 있었다.

중급 요리 1 (45%)

-초급 향신료 뿌리기 4 (55%)

-초급 도축 8 (35%)

-초급 재료 파악 3 (65%)

-초급 국자 젓기 4 (85%)

-초급 튀기기 6 (35%)

다른 요리사들이 이런 식으로 빠르게 성장할 수 있다는 걸
알게 된다면 억울해서 가슴을 칠 것이다.
　태현만이 가능한 빠른 성장!
　요리는 싸우기 직전에 많은 버프를 해줄 수 있었다. 요리사

들의 비기는 배우지 못하더라도 가능한 건 모조리 배워두는 게 좋았다.

태현이 스킬을 확인하는 동안 요리사가 태현의 손을 잡으며 말했다.

"자네…… 혹시 내 밑에서 요리를 더 배워보지 않겠나? 자네라면 충분히 나를 뛰어넘는 요리사가 될 수 있어! 궁정 요리사도 꿈이 아니야!"

<궁정 요리사로 들어가는 방법>

제노마 시의 시장 밑에서 일하고 있는 요리사 크리스토퍼는 야심이 큰 요리사다. 그는 왕 밑에서 전속 요리사가 되는 걸 꿈꿔왔다.

그가 되지 못한다면 그의 제자라도. 그의 제자가 되지 못한다면 그의 제자의 제자라도.

크리스토퍼는 당신에게서 재능을 보았다. 그는 당신을 키워 궁정 요리사로 만들고 싶어 한다. 그를 따라가라.

보상: 칭호 '궁정 요리사'

퀘스트를 보니 요리사 관련 직업이 없어도 할 수 있는 직업이었다. 태현처럼 요리사 직업이 없는 플레이어에게는 말 그대로 꿈과 같은 퀘스트.

그러나…….

루포는 조용히 태현의 어깨에 손을 올렸다.

'설마 크리스토퍼를 따라가지는 않겠지?'

지금 해적을 잡아야 하는 사람이 궁정 요리사 되겠다고 다른 곳으로 가는 건 상상도 못 할 일이었다.

뒤에서 느껴지는 무언의 압박!

루포는 빤히 태현의 뒤를 쳐다보았다.

"마음만 받겠습니다. 할 일이 있어서요."

루포는 그제야 안도의 한숨을 내쉬었다.

'그래. 그럼 그렇지.'

생각해 보니 괜히 긴장한 것 같았다.

태현도 지금 해적단을 토벌하고 화신의 권능을 찾아야 하는 상황인데 궁정 요리사가 되려 가지는 않을 것 아닌가.

"그래도 나중에 기회가 되면 소개는 시켜주시죠."

"······!?"

루포는 놀라서 고개를 돌렸다.

"아니, 진짜 하시려고요?"

"왜? 궁정 요리사는 명예로운 자리라잖아."

"아니····· 당신은 화신이잖습니까! 화신이 요리사 할 시간이 어디 있어요!"

"걱정 마. 적당히 조절해 가면서 하면 될 거야."

'그게 말이 되는 소리냐!'

루포는 간신히 소리를 눌러 삼켰다.

"드워프라고?"

"불만입니까? 불만이면 그냥 바로 돌아가도록 하죠."

"하하. 내가 불만일 리가 있나. 그냥 물어본 거야."

루포는 혀를 찼다. 태현이 대체 왜 이렇게 돌아다니는 건지 이해가 가지 않았다.

지금 둘은 제노마 시의 유명한 기계공학자를 찾아가고 있는 중이었다.

다른 스킬은 몰라도 태현은 기계공학을 배울 수 있을 때 최대한 배워둘 생각이었다.

다른 건 배우지 못했을 경우 아쉬운 대로 할 수 있었지만 기계공학은 아니었다.

변수를 만들기에는 최적의 스킬!

루포는 기계공학자 맥스웰이 드워프라고 말했다.

"근데 좀 허름하지 않나?"

태현은 의아하다는 듯이 물었다.

지금 그들이 걷고 있는 곳이 좀 허름했던 것이다. 아까까지는 고급스러운 저택과 길을 걸었는데, 지금은 낡고 금이 간 건

물들과 길 사이를 걷고 있었다.

"유명한 기계공학자 정도면 좀 좋은 곳에서 살아야 하는 거 아닌가?"

"맥스웰은 사고를 친 적이 있어서……."

"사고?"

"귀족한테 바치기로 한 물건이 폭발했던 걸로 기억합니다. 그래서 톡톡히 값을 물었죠. 그 이후로 맥스웰한테 일을 맡기는 사람도 없어졌고요."

"폭발할 수도 있지 않나?"

"아니, 그걸 말이라고 합니까?"

루포는 어이가 없어서 되물었다.

언제 폭발할지 모르는 걸 어떻게 마음 놓고 쓸 수 있단 말인가?

그러나 태현에게는 아니었다.

기계공학에 있어서 폭발과 같은 부작용은 따라다니는 그림자 같은 것!

그런 걸 두려워해서는 절대로 기계공학을 마스터할 수 없었다.

기계공학을 마스터하기 위해서는 폭발 같은 부작용은 담담하게 받아들이고, 아니, 오히려 역이용할 줄 알아야 했다.

"여기 도시 사람들은 의외로 겁이 많군."

"그쪽이 이상한 게 아닌지……."

탕탕-

도착한 루포는 낡은 문을 두들겼다. 그러자 안에서 술에 취한 것 같은 드워프가 걸어 나왔다.

"뭐야? 누구야?"

태현은 드워프를 가리키며 물었다.

"맥스웰?"

"네, 맥스웰 맞습니다."

루포가 확인하자 태현이 입을 열었다.

"기계공학을 잘한다고 들었는데. 가르쳐 줄 수 있나?"

"꺼져."

쾅!

"이 자식이……."

울컥한 루포가 문을 열고 멱살을 잡으려고 들었다. 그러나 태현이 손을 흔들었다.

"어떻게 하시려고요?"

"보면 알 거야."

태현은 다시 문을 열었다. 맥스웰은 짜증 난다는 표정으로 태현을 쳐다보았다.

"인간한테 기계공학을 가르쳐 줄 생각은 없으니까 저리……."

촤르륵-

태현은 품에서 금화 주머니를 꺼냈다. 맥크레니한테 받은 금화였다.

금화들은 맑고 아름다운 소리를 내며 땅바닥에 쏟아졌다.

맥스웰의 눈동자가 커졌다.

"저리……."

"저리?"

"저리 앉으시면 제 생각을 바꿔서 가르쳐 드리겠습니다!"

"아니, 뭐 저런 드워프가 다 있어? 자존심도 없나?"

루포는 투덜거렸다. 맥스웰의 집은 넓었지만 온갖 잡동사니로 인해 혼란스러웠다.

"돈으로 넘어와 주면 좋은 거지. 왜 불만이야?"

"당연히 불만이죠! 이렇게 돈으로 넘어올 줄 알았으면 그냥 불렀을 텐데. 저놈 평소에는 오만하고 꼬장꼬장한 드워프로 소문난 놈이라고요. 돈으로 안 되는 줄 알고 이렇게 찾아온 건데……."

"쯧쯧. 루포."

태현은 루포의 어깨를 토닥거리며 말했다.

"세상에는 돈보다 더 중요한 게 있단다."

"그게 뭡니까?"

"더 많은 돈이지."

"……."

"돈으로 안 되면 더 많은 돈으로 성의를 표시해. 그러면 넘어오게 되어 있어."

"아니, 그래도 안 넘어오는 놈들은 있……."

"그건 돈이 부족해서야."

확고한 신념!

루포는 태현의 말에 어딘가 설득되는 자신을 느끼고 귀를 막았다.

이 화신은 기묘한 말재주를 갖고 있어서 듣다 보면 이상하게 홀리는 기분이었다.

"하하하. 무엇이 궁금하십니까? 저 맥스웰이 하나부터 열까지 친절하게 가르쳐 드리겠습니다!"

맥스웰은 술에 취했던 게 거짓말이었던 것처럼 깔끔해져서 돌아왔다.

루포는 그 모습을 보고 혀를 찼다.

"알고 있는 건 전부."

"예? 전부 말입니까? 기계공학이 아무리 그래도 난이도가 있는 거라 아무나 배울 수 있는 게……."

태현은 손가락으로 금화 더미를 가리켰다. 그러자 맥스웰은 바로 대답했다.

"……아니지만 최선을 다해서 가르쳐 보도록 하지요! 하하!"

초급 기계공학 4 (27%)
-초급 화약 제조 8 (40%)
-초급 폭탄 제작 4 (35%)
-초급 도구 제작 3 (68%)

"폭탄이나 화약을 다룰 때 가장 조심해야 하는 건 폭발입니다. 이게 불안정해서 폭발할 수 있거든요."

폭탄 계열 아이템이 위험한 건 폭발할 가능성이 있기 때문이었다.

<검은 무쇠 폭탄>

화약을 안에 넣어서 만든 기본적인 폭탄. 기본적인 방법으로 만들었지만 파괴력은 충분하다.

주의! 10% 확률로 폭발 가능.

맥스웰이 만든 폭탄도 10% 확률로 제멋대로 폭발할 수 있었다. 기계공학이 가진 단점 중 하나였다.

기계공학 스킬이 고급인 맥스웰이 만들어도 10%가 나오는데 스킬 레벨이 낮은 다른 사람이 만들면 그 페널티는 더 커졌다.

그러나…….

"폭탄으로 저글링을?!"

태현이 폭탄을 공중에서 돌리며 장난을 치는 걸 본 맥스웰이 기겁했다.

'목숨이 여러 갠가!?'

그러나 태현은 미쳐서 이런 짓을 하는 게 아니었다. 다 믿는 게 있어서였다.

<검은 무쇠 폭탄>

화약을 안에 넣어서 만든 기본적인 폭탄. 기본적인 방법으로 만들었지만 파괴력은 충분하다.

주의! 10% 확률로 폭발 가능.

[높은 행운으로 폭발 확률이 내려갑니다.]

[확률 조작 스킬로 폭발 확률이 내려갑니다.]

[신의 예지로 폭발 확률이 내려갑니다.]

이런 식으로 버프를 받자…….

<검은 무쇠 폭탄>

화약을 안에 넣어서 만든 기본적인 폭탄. 기본적인 방법으로 만들었지만 파괴력은 충분하다.

주의! 0.0001% 확률로 폭발 가능.

이 정도면 절대로 터지지 않는다고 봐도 좋았다. 태현은 씩 웃으면서 폭탄을 가방에 넣었다.

"안 터지네. 잘 만들었어."

"대체 어떻게……?"

"돈 더 벌고 싶으면 맥크레니의 상단을 찾아오라고. 거기로 가면 만날 수 있을 테니까."

태현은 손을 흔들면서 루포와 밖으로 나갔다.

다른 NPC들은 각자 이미 위치가 있어서 데리고 올 수 없었지만, 맥스웰은 가능할 것 같았다. 지금 백수나 다름없었으니까.

저 정도 되는 NPC를 그냥 데리고 올 기회는 아무 때나 오는 것이 아니었다.

그러나 태현은 바로 말하지 않았다. 이런 건 원래…….

'불리한 태도를 보이면 지는 거지.'

맥스웰이 의외로 돈을 밝힌다는 건 이미 알고 있었다. 이런 상황에서 '우리 쪽에 와서 일해줘!' 이렇게 말한다면, 맥스웰은 눈치챌 게 분명했다. 아쉬운 게 그들이라는 것을.

이럴 때는 '오든지 말든지 네가 결정해라. 안 오면 네 손해지

뭐' 이런 식으로 나가야 했다. 맥스웰의 처지라면 알아서 기게 되어 있었다.

"이제 다 끝난 겁니까?"

"대충 다 돌았네."

루포는 푹푹 한숨을 내쉬었다. 맥크레니가 무슨 소리를 할지 알 수가 없었다.

해적단 소탕하는 걸 도와야 할 줄 알았는데 태현을 쫓아다니면서 온갖 기술들만 보고 있으니…….

"이제 아이템이 필요한데."

"예?"

"아이템 말이야. 설마 이 상태로 해적단 상대하라는 건 아니지?"

기회를 잡았을 때 끝까지 빨아먹으려는 집념!

태현은 자기 장비를 가리키며 루포에게 말했다.

"돈 많은 상단이니 줄 수 있는 장비들 있지?"

"……따라오시죠. 창고로 안내해 드리겠습니다."

터벅터벅 걸어가는 루포의 뒤를 따라가며 태현은 생각했다.

'물론 여기서 엄청 좋은 걸 얻지는 못 하겠지만, 그래도 나름 괜찮은 건 얻을 수 있겠지.'

맥크레니가 바보는 아니었다. 지금 막 동맹을 맺은 태현한테 전설 등급의 아이템을 퍼주지는 않을 것이다.

그래도 대상인인 만큼 상당히 좋은 장비일 게 분명!

루포는 창고 문을 열고서 태현을 안으로 들여보냈다. 온갖 장비들이 굴러다니고 있었다.

"여기서 찾아보시죠."

"응? 감정사는?"

모든 아이템의 성능을 완전히 다 보려면 감정 스킬이 필요했다.

태현은 지금 감정 스킬이 부족한 상황. 아이템의 성능을 전부 다 확인할 수 없었다.

"죄송하지만 지금은 바빠서 데리고 올 수 없네요. 그냥 골라가셔야 할 것 같습니다만. 화신인데 그 정도는 하실 수 있잖습니까?"

루포는 소심하게 복수하기로 마음먹었다.

어차피 태현이 화신인 게 확실하지도 않고, 해적을 바로 잡으러 가는 것도 아닌데 좋은 장비를 주고 싶지 않았다.

창고에서 가져가려면 알아서 가져가라!

"그래?"

루포의 속마음을 읽은 태현이 피식 웃었다.

"알겠어. 알아서 가져가지."

루포는 한 가지를 더 생각했어야 했다. 태현이 어떤 신의 화신인지를.

아키서스는 행운의 신!

태현은 바로 신의 예지를 키고 안으로 들어갔다. 그리고 망설이지 않고 장비를 꺼내 가지고 나왔다.

그걸 본 루포의 입이 벌어졌다.

"저, 저건······."

방랑자의 외투:

내구력 200/200, 방어력 ?, 마법 방어력 ?, 속성 방어력 ?

스킬 '그림자 잠수' 사용 가능, 스킬 '은신' 사용 가능. 스킬 '그림자 회복' 사용 가능.

힘 제한 100, 민첩 제한 100, 체력 제한 100, 지혜 제한 100, 행운 제한 100.

전설적인 방랑자 카인다가 입고 다녔던 외투다. 카인다는 모든 스탯이 균형 있게 강해지는 걸 추구했다. 그렇지 않다면 이 외투를 입을 수 없으리라.

<아이템 등급: 영웅>

"······!!"

창고의 구석 중에 구석에 박아놓은 영웅 등급 아이템을 어떻게 저렇게 바로 꺼낸단 말인가.

루포는 어이가 없어서 입을 다물지 못했다.

게다가 그거 하나만이 아니었다.

방랑자의 벨트:

내구력 130/130, 방어력 ?

착용 시 각 스탯 +10

힘 제한 40, 민첩 제한 40, 체력 제한 40, 지혜 제한 40, 행운 제한 40.

카인다가 차고 다니던 벨트. 외투와 세트 아이템이다. 착용 시 스탯을 균형 있게 성장시켜 준다.

'잠깐, ?가 뭐지?'

루포가 놀라거나 말거나, 태현은 가장 중요한 수치가 ?로 표시되어 있다는 게 이해가 가지 않아 다시 확인했다.

[방랑자의 세트 아이템은 스탯의 영향을 받습니다.]

"……?!"

어떤 아이템은 착용자의 스탯에 따라 성능이 달라졌다.

만약 방랑자의 외투가 태현의 스탯에 영향을 받는 거라면…….

'내 행운이 2천을 넘으니까……?'

행운에 영향을 받을 경우 그야말로 전설 아이템 뺨치는 성능!

[영향받는 스탯: 체력]

"젠장."

역시 세상이 그렇게 쉽게 풀리지는 않았다. 방랑자의 외투가 가진 물리 방어력, 마법 방어력, 속성 방어력은 모두 체력과 관련이 있었다.

'벨트는?'

[영향받는 스탯: 힘]

"아, 아직 다른 것도 남았으니까……."

세트 아이템인 만큼 벨트, 장갑, 외투, 신발로 이루어져 있었다.

긴 코트처럼 생긴 외투는 제법 근사했지만, 태현은 오로지 성능에만 집중했다.

제발 행운에 영향받는 아이템 하나만!

"아오!"

그러나 인생은 그렇게 쉽지 않았다. 바라는 대로 이뤄지지 않는 게 인생!

방랑자의 신발은 좋은 아이템이었다. 이동속도 옵션에 저주

저항 옵션까지.

그렇지만……

[영향받는 스탯: 민첩]

민첩에 영향받는 아이템! 태현은 간절한 마음으로 장갑을
확인했다.

방랑자의 장갑:

내구력 100/100, 방어력 ?

착용 시 전투 관련 스킬 경험치에 보너스.

스킬 '칼날 잡기' 사용 가능.

힘 제한 50, 민첩 제한 50, 체력 제한 50, 지혜 제한 50, 행운
제한 50.

카인다가 썼던 장갑. 외투와 세트 아이템이다. 착용 시 손을 사
용한 스킬을 균형 있게 성장시켜 준다.

[영향받는 스탯: 힘]

"……"

루포는 태현을 이해할 수가 없었다.

좋은 아이템을 갖고 나온 건 좋았다. 처음에는 당황했지만

태현은 화신이었다. 화신인 만큼 숨겨진 재주가 있을 테니 창고에서 좋은 걸 갖고 나올 수 있을 것이다.

속은 쓰리지만 그건 이해할 수 있었다.

그렇지만 왜 그런 다음에 땅바닥에서 뒹굴고 있는 것인가?

"······?"

"뭘 봐? 응? 뭘 봐?"

"아니, 제가 뭘 했다고······."

괜히 있다가 태현의 화풀이를 듣게 된 루포는 억울한 목소리로 입을 다물었다.

"에휴, 어쩌겠냐. 그래도 좋은 아이템이니까······."

태현은 빠르게 회복하고 자리에서 일어섰다.

영향받는 스탯이 행운이라면 그야말로 사기적인 아이템이 됐겠지만, 지금도 충분히 좋았다.

'25% 정도인가?'

영향받는 스탯의 25% 정도가 방어력으로 나타났다. 현재 태현의 체력은 145. 외투의 방어력은 36 정도 되는 셈이었다.

안에 갑옷까지 따로 입을 테니 외투의 방어력치고는 나쁜 편이 아니었다.

애초에 외투나 벨트 같은 건 방어력보다 옵션을 보고 착용하는 아이템이었다.

그런 면에서 방랑자의 세트는 화려한 옵션의 결정체!

[방랑자의 세트 아이템을 모두 착용했습니다.]
[추가 스탯 버프를 받습니다.]

'스탯창 확인.'

이름: 김태현

레벨: 27

직업: 아키서스의 화신

HP: 1,325

MP: 1,325

힘: 145 (+25)

민첩: 145(+25)

체력: 145(+25)

지혜: 160(+25)

행운: 2,585(+25)

보너스 스탯: 0

"루포, 창고 안에 강화석도 있었지?"

"예? 있긴 한데…… 그건 왜 물어보십니까?"

"쓸 곳이 있어서."

"아니, 대장장이도 아니신데 강화석은 왜!?"

루포는 투덜거렸지만 태현은 아랑곳하지 않고 강화석을 갖고 나오라고 했다.

그리고 루포는 얼마 지나지 않아 그 이유를 알게 되었다.

'저게 화신이야, 대장장이야?!'

방랑자의 벨트(+4):

내구력 160/160, 방어력 ?

착용 시 각 스탯 +14

힘 제한 40, 민첩 제한 40, 체력 제한 40, 지혜 제한 40, 행운 제한 40.

카인다가 차고 다니던 벨트. 외투와 세트 아이템이다. 착용 시 스탯을 균형 있게 성장시켜 준다. 뛰어난 대장장이가 성공적으로 강화를 시켰다.

방랑자의 장갑(+4):

내구력 150/150, 방어력 ?

착용 시 전투 관련 스킬 경험치에 보너스.

스킬 '칼날 잡기' 사용 가능. 스킬 '무장 해제' 사용 가능.

힘 제한 50, 민첩 제한 50, 체력 제한 50, 지혜 제한 50, 행운 제한 50.

카인다가 썼던 장갑. 외투와 세트 아이템이다. 착용 시 손을 사용한 스킬을 균형 있게 성장시켜 준다. 뛰어난 대장장이가 성공적으로 강화를 시켰다.

방랑자의 외투(+4):

내구력 250/250, 방어력 ?, 마법 방어력 ?, 속성 방어력 ?

스킬 '그림자 잠수' 사용 가능, 스킬 '은신' 사용 가능. 스킬 '그림자 회복' 사용 가능. 스킬 '그림자 분신' 사용 가능.

힘 제한 100, 민첩 제한 100, 체력 제한 100, 지혜 제한 100, 행운 제한 100.

전설적인 방랑자 카인다가 입고 다녔던 외투다. 카인다는 모든 스탯이 균형 있게 강해지는 걸 추구했다. 그렇지 않다면 이 외투를 입을 수 없으리라. 뛰어난 대장장이가 성공적으로 강화를 시켰다.

방랑자의 신발(+4):

내구력 150/150, 방어력 ?

스킬 '그림자 도약' 사용 가능, 스킬 '완전한 도주' 사용 가능, 이동 속도 35% 증가.

힘 제한 50, 민첩 제한 50, 체력 제한 50, 지혜 제한 50, 행운 제한 50.

카인다가 신던 신발. 외투와 세트 아이템이다. 착용 시 카인다처럼 빠른 발을 가지게 해준다. 뛰어난 대장장이가 성공적으로 강화를 시켰다.

[방랑자의 세트 아이템을 모두 착용했습니다.]

이름: 김태현

레벨: 27

직업: 아키서스의 화신

HP: 1,325

MP: 1,325

힘: 145 (+35)

민첩: 145(+35)

체력: 145(+35)

지혜: 160(+35)

행운: 2,585(+35)

보너스 스탯: 0

방랑자의 세트 아이템은 상단에서도 우연히 구한, 귀한 아이템이었다.

방랑자 카인다가 썼다고 알려진 희귀 세트 아이템. 그 자체로도 훌륭한 성능을 갖고 있었다.

거기에 강화까지 시키자 루포도 놀랄 정도의 아이템이 됐다.

게다가 더 놀라운 건 태현의 강화 스킬이었다.

'저 인간 숨도 안 쉬고……'

무슨 숨 쉬는 것처럼 편안하게, 한 번도 실패하지 않고 강화를 성공시켜 버렸다.

이쯤 되니 저 인간의 정체가 대체 무엇인가 하는 생각만 들었다.

루포가 그렇게 혼란스러워하는 동안, 태현은 고민했다.

'강화를 더 해, 말아?'

현재 강화 단계는 4. 실패할 경우 아이템이 망가질 수 있었다.

저번에는 잘 몰라서 겁이 없었지만 이번에는 실패할 경우 망가진다는 걸 아니 쉽게 시도할 수가 없었다.

원래 강화는 구하기 쉬운 물건에다 하는 것이었지, 방랑자의 세트 아이템처럼 구하기 힘든 것에 하는 건 위험했다.

태현도 강화 스킬 레벨 4니까 4까지 거침없이 지른 것이었지, 그 이상으로는 솔직히 겁이 났다.

아무리 행운이 높더라도 실패는 언제나 일어나는 법이었으니까.

'그래, 이 정도만 하자.'

이 정도만 해도 이미 방어력은 충분히 올라간 상태였다.

'스탯의 50% 정도인가?'

어지간한 갑옷의 방어력은 뺨치는 수준이었다. 보조 아이템의 방어력이 이 정도라니.

강화로 여기까지 올라오자 욕심이 났지만······.

태현은 참았다.

지금은 모험을 할 때가 아니었다. 이런 식의 강화는 나중에 기회가 올 것이다. 지금은 일단 최대한 빠르게 성장해서 기반을 잡아야 했다.

이러는 동안에도 랭커들은 쭉쭉 치고 나갈 테니까!

'따라잡을 수 있겠지?'

기껏 아버지한테 호언장담을 했는데 '아이고, 너무 늦게 시작해서 못 따라잡겠네요'라고 말하는 것만큼 웃기는 것도 없었다.

태현은 할 생각이었다. 어떤 수를 써서라도.

"좋아. 그러면······."

"이제 다른 곳으로 가는 겁니까?"

"아니, 하나만 더 만들고 가자."

루포는 푹푹 한숨을 내쉬었다.

그러나 이건 꼭 필요한 것이었다.

"뭐 만드시는데요? 네?"

"복면. 이 비단 좀 써도 되지?"

"예? 아니, 복면 만드는 데 그 비단 쓰시면…… 그거 고급 비단이에요!"

남의 상단 창고를 마치 자기 주머니처럼 쓰는 태현. 그걸 본 루포는 기겁해서 막으려 들었다.

그러나 태현은 이미 한발 빨리 가위를 들이댄 상태였다.

"하하, 같이 좀 쓰자고."

"복면이면 저런 천 써도 되잖습니까!"

"색이 칙칙해서 싫어."

"둘 다 같은 검은색입니다!"

"이 검은색이 조금 더 예쁜 것 같지 않냐?"

[간단한 복면을 만듭니다. 재봉 스킬이 오릅니다.]

[뛰어난 재봉사를 만난 지 얼마 되지 않았기에 추가 보너스를 받습니다.]

[화신으로서의 힘이 영향을 끼칩니다. 보너스를 받습니다.]

잘 만들어진 검은 비단 복면:

내구력 40/40, 방어력 10

스킬 '변장' 사용 가능, 스킬 '협박' 사용 가능.

젊고 재능 있는 재봉사가 만든 복면이다. 겉은 평범해 보이지만 어딘가 비범한 솜씨가 깃들어 있는 것처럼 보인다.

태현이 복면을 만든 이유는 하나였다.

'알아보는 놈들이 너무 많아!'

요리사나 기계공학은 괜찮았지만, 재봉사 길드만 해도 재봉사 플레이어들이 태현에게 관심을 가졌다.

재봉사 길드 마스터와 직접 대면해서 대화를 나눴으니 당연한 일이었다.

다행히 빨리 지나가서 눈치를 못 챈 것 같았지만, 앞으로 퀘스트를 깰 때가 문제였다.

태현에게 원한을 가진 놈들이 많았으니까!

'괜히 얼굴 드러나서 좋을 게 없지.'

판타지 온라인 1에서나 2에서나 얼굴 가리고 다니는 사람들은 많았다.

투구나 가면이나 복면이나…… 뭐든 간에 쓰고 다니는 게 이상하지는 않았다. 그런 사람들이 많았으니까.

태현은 앞으로 얼굴을 가리고 다니기로 마음먹었다.

딱히 이세연을 만나서는 아니었다. 이세연이 그를 만나면 죽인다고 해서는 더더욱 아니었다.

"어때, 폼 나나?"

"……강도 같은데요?"

"……뭐든 간에 못 알아보면 그만이지."

세트 아이템을 착용하고 복면까지 걸치자 그럴듯한 겉모습이 나왔다.

긴 코트와 장갑, 신발, 벨트. 안에는 창고에서 발견한 제노마시 용병장교의 갑옷을 입었다.

세트 아이템보다는 못하지만 그래도 꽤나 좋은, 희귀 등급의 아이템!

누가 봤을 때 태현이 레벨 30도 안 되는 플레이어라고는 상상치도 못할 것이다.

50~60은 넘겼고, 잘 쳐주면 준 랭커 정도까지도 볼 수 있는 겉모습이었다.

"위장도 했고…… 사람 모으러 가볼까."

"……?"

루포는 그가 잘못 들은 줄 알았다.

"사람을 모은다니, 그게 무슨 소리입니까?"

"해적단을 혼자서 공략할 수는 없지."

"용병은 저희 상단에서도……."

"그거 갖고 누구 코에 붙이라고?"

맥크레니는 동맹이었지만 마냥 친절한 사람은 아니었다.

애초에 그녀 혼자서 해적단을 칠 수 있었다면 이미 그랬을 것이다.

당연히 용병도 일정 숫자 이상은 지원해 주지 않았다.

나머지는 태현이 알아서, 화신의 힘으로 해결해 봐라!

"그래도 나름 괜찮은 용병들입니다!"

무시당한 루포가 투덜거리자 태현이 쯧쯧거렸다.

"힘으로 해결하려고 하니까 안 되는 거야."

"……?"

"나만 따라오라고. 어떻게 하는지 보여줄 테니까."

제노마 시의 광장.

수많은 플레이어들이 활발하게 활동하고 있었다.

"제노마 시 외곽의 유령 나오는 공동묘지 같이 클리어하실 사제 분 구합니다! 든든한 탱커 두 명 있으니 절대 뻗으실 일 없을 겁니다! 아이템 우선으로 드려요!"

던전을 공략하려고 사람을 구하는 파티도 있었고,

"레벨 34 대장장이 던전 파티 구해봅니다! 날카롭게 갈기, 녹 없애기, 수리 모두 가능하고요! 중갑 입어서 탱킹도 어느 정도 가능해요!"

파티에 들어가려고 애쓰는 제작 직업도 있었다.

철컥, 철컥-

플레이어들 사이로, 잘 차려입은 상단의 인원이 길을 가르기 시작했다.

"뭐야, 뭐야?"

"뭔 퀘스트인가?"

한눈에 봐도 잘나가는 것 같은 NPC들이 광장에 우르르 몰려오고 있었다.

당연히 머리가 있는 플레이어라면 기대를 할 수밖에 없었다.

준비가 끝나자, 태현은 헛기침을 하며 무대 위에 올라갔다. 복장도 완전히 바뀌고 복면까지 쓴 이상, 누구도 태현의 정체를 알아볼 수는 없었다.

"소리 키우는 마법 썼습니다."

"좋아."

태현은 위에 서서 사람들을 둘러보았다. 아까까지 그렇게 시끄러웠는데, 어느새 광장은 조용해져 있었다.

다들 말없이 태현을 쳐다보고 있었다. 그들이 궁금해하는 건 하나!

-대체 무슨 말을 하려고 이렇게 분위기를 잡는 거냐?

"여러분. 안녕하십니까. 좋은 아침입니다."

"……."

순식간에 싸늘해진 분위기!

CHAPTER 2

CHAPTER 4

뒤에서 무게를 잡고 서 있던 루포가 태현의 옆구리를 찔렀다.

'뭐하는 겁니까? 제대로 하세요!'

지금 자리에서 무게를 잡고 있는 건 상단의 전투원이었다.

루포도 그렇고 상단에서 손가락에 꼽히는 전사들. 입고 있는 아이템도 그렇고 겉모습도 그렇고 가만히 있어도 위압감이 풍겼다.

그런데 태현이 기껏 그들 가운데 서서 한다는 소리가 '좋은 아침이네요'라니.

그들도 망신이었다.

'아, 참을성 없기는. 좀 기다려 봐.'

태현은 헛기침을 한 번 하고 다시 입을 열었다.

"제가 왜 이러고 있는지 궁금하실 겁니다. 그렇죠?"

"빨리 말이나 해라!"

참고 기다리던 사람들 사이에서 결국 말이 나왔다. 누군가 주먹을 흔들면서 외쳤다.

"맞아! 빨리 말이나 하라고!"

"간단합니다. 제가 여기 온 건 좋은 말씀을…… 아니, 좋은 퀘스트를 여러분한테 드리러 온 겁니다."

순간 말이 잘못 나왔지만 태현은 표정 하나 변하지 않고 고쳐서 말했다.

어차피 복면을 써서 얼굴은 보이지도 않았다.

"좋은 퀘스트를?"

"우리한테?"

광장에는 고렙도 몇 명 있었지만 대부분은 레벨이 낮은 플레이어들이었다.

거기다가 제작 계열 직업인 사람들이 절반을 넘었다.

대장장이나 재봉사나 요리사나 공통점이 있다면, 초반에는 혼자서 뭘 하기 힘들다는 것!

던전이고 보스 몬스터 레이드고 뭐고 처음에는 도시 안에서 시키는 대로 일을 해야 했다.

당연히 좋은 퀘스트를 준다는 말에 솔깃할 수밖에 없었다.

"에이, 속이는 거 아냐?"

"뭐? 속여서 뭐 좋을 게 있다고 우리를 속여?"

"생각해 봐. 너 같으면 남한테 그냥 좋은 퀘스트를 공유해 주겠어?"

"그건 그러네……."

어디에나 부정적인 사람은 있었다. 그리고 실제로 그럴듯했다. 남한테 그냥 퀘스트를 주는 사람은 없었으니까.

"당연히 공짜는 아닙니다."

"……!"

"하지만 그렇게 비싸지는 않습니다! 여러분들 사정을 제가 아는데 비싸게 받을 수는 없죠. 여러분들, 골드 모으시기 힘드시죠? 다 압니다. 제작 스킬은 올리기도 힘든데 NPC는 부려먹기만 하니……."

태현은 제작 직업들의 상황들을 꿰고 있었다.

그런 태현이 하는 말은 제작 직업을 가진 플레이어들의 가슴을 뭉클하게 만들었다.

듣다 보면 울컥하는 마음!

"그래서 단돈 1골드! 1골드만 받겠습니다. 1골드만 내시면 퀘스트에 참가할 수 있는 겁니다!"

"1골드?"

"1골드면……."

저렙에게는 푼돈이 아니었지만 그렇다고 못 낼 정도로 거금은 아니었다.

내려면 충분히 낼 수 있는 수준!

대박 퀘스트에 낄 수 있다면 싸게 먹히는 거였다.

"그런데 무슨 퀘스트예요?"

"잘 물어봤습니다. 여기 맥크레니 상단 사람들 보이시죠?"

태현은 루포의 어깨에 손을 올렸다. 루포는 질색을 했지만 밀치지는 않았다.

"네! 보여요!"

"여기 이 친구들과 함께, 배를 타고 섬으로 가는 퀘스트입니다."

"섬에 가서 뭘 해요?"

"섬에 있는 NPC들한테 여러분들의 스킬을 마음껏 보여주시는 거죠. 대장장이? 요리사? 정원사? 화가? 음악가? 뭐든 좋습니다. 제작이나 예술 직업을 가진 분들은 가시면 결코 후회하지 않을 겁니다!"

"와아아아아아!"

모두 손을 들고 함성을 질렀다.

제작이나 예술 직업이 저런 식으로 새로운 곳에 가는 건 엄청난 기회였다.

일단 못 가본 곳을 발견하면 그것만으로도 보너스가 있었다.

스탯 보너스는 기본이고 운이 좋으면 직업 스킬 보너스까지.

게다가 그 지역에서 NPC들한테 퀘스트를 받고 해결한다면 추가로 보상이 따라왔다.

물론 그 NPC들이 해적이라는 건 말하지 않았지만…….

"뭐하는 겁니까?!"

사람들이 신나서 소리를 지르는 동안 루포는 황급히 태현을 붙잡고 속삭였다.

"뭐하냐니. 해적 문제 해결하려고 하잖아."

"해적단은 만만하지 않습니다! 여기 모인 잔챙이들로는 절대 깰 수 없습니다! 거기에 여기 사람들한테 아직 말도 안 했잖습니까? 해적단이 상대라는 걸 말하면 여기 있는 사람들은 다 도망칠 겁니다."

"걱정 마. 싸울 생각 없거든."

"예?"

"지하로만 들어가면 될 거 아냐?"

"……??"

"해적단들도 사람이야. 그런 곳에서 갇혀서 지내다 보면 아쉬운 게 많겠지."

"설, 설마……."

"적당히 뇌물로 바칠 걸 가득 실자. 술이나 먹을 것도 좋겠지. 거기에 여기 사람들을 쫙 풀어서 일을 시키는 거야."

태현의 계획을 들은 루포의 입이 딱 벌어졌다.

이게 무슨 미친 소리란 말인가?

"그러니까, 해적들의 요새를 꾸며주겠다 이겁니까?"

"뭐…… 비슷하지? 너무 무겁게 받아들이지는 마. 어차피 여기 모인 사람들은 다 실력이 별로여서 꾸며봤자 별로일 거야."

"아니, 잘하냐 못하냐의 문제가 아니지 않습니까! 해적들한테 그러면 안 되죠!"

"왜 안 되는데?"

"어, 그러니까. 그게…… 해적이니까?"

"너희 상단이잖아. 해적도 돈만 되면 거래하지 않나?"

"저희는 그런 적 없습니다!"

"앞으로 그런 일이 생겨도 절대 안 할 자신 있냐?"

"그, 그건……."

루포는 입맛을 다셨다.

그런 일이 일어날 경우 맥크레니가 거래를 안 할 거라고는 100% 확신할 수 없었다.

돈만 되면 누구와도 거래를 할 수 있는 게 상인!

"완벽하게 통하든, 통하지 않든. 해적들이 거래에 만족하든, 만족하지 않든. 그건 중요하지 않아. 일단 섬에만 들어가면 돼. 그러면 몰래 지하로 내려갈 수 있으니까."

배에 탈 플레이어들은 어떻게 되든 조금도 신경 쓰지 않는 냉정함.

태현은 목표를 위해서 어떤 짓도 할 수 있었다.

게다가…….

'어차피 복면 썼는데 뭐 어때?'

나중에 문제 생기면 또 겉모습을 바꾸면 끝!

"해적들이 섬으로 데리고 가도록 교섭을 해봐. 그게 너희들 역할이니까. 지원해 주겠다고 했었지?"

"……."

태현은 루포의 대답을 기다리지 않고 무대 밑으로 내려갔다.

"모두 일렬로 서세요! 이름 적겠습니다!"

"와아아!"

사람들은 순식간에 몰려오기 시작했다. 늦어서 끼지 못할까 봐 다들 필사적이었다.

"여기! 1골드 있습니다! 제임스에요! 이름 적어주세요!"

"저는 다나카! 다나카 명단에 꼭 넣어주세요!"

"저기 근데 어디 섬으로 가요?"

곤란한 질문에는 못 들은 척!

태현은 은근슬쩍 넘기고 다음 사람을 불렀다.

순식간에 배 한 척에 가득 태울 정도의 사람들이 모였다. 다들 제작이나 예술 직업을 가진 사람들이었다.

모두들 새로운 곳에 가서 얻을 보상에 가슴이 벅차올랐다.

"해적단 소굴에 가는 건 언제 말해줄 겁니까?"

"도착하면?"

태현은 두둑해진 금화 주머니를 흔들며 말했다.

<상단을 따라 섬으로>

제노마 시를 주름잡는 맥크레니 상단은 이익이 있다면 어디든 가는 상단이다.

그들이 인원을 모집하고 있다. 섬에 가서 각종 제작과 예술 활동을 한다면 두둑한 보상을 받으리라.

보상: ?, ??, ???

모인 사람들에게 모두 퀘스트가 떴다. 상단의 사람들이 친절하게 항구로 안내해서 거대한 상선까지 가르쳐 주자 모두가 감격했다.

"거봐. 맥크레니 상단하고 친하게 지내는 사람이 뭐가 아쉬워서 우리 상대로 사기를 치겠어?"

"그러네. 내가 너무 의심을 했던 것 같다. 괜히 미안해지네."

"미안할 게 뭐가 있어? 가서 열심히 하면 되지!"

"하하! 그렇지?"

어디로 가는지는 꿈도 꾸지 못하고 해맑게 대화하는 플레이어들!

설마 그 악명 높은 카테란드 해적단이 있는 섬으로 갈 거라고는 아무도 생각지 못했다.

태현은 배의 갑판 위에 서서 주변을 둘러보았다.

거대한 돛에, 탄탄하고 잘 만들어진 배의 몸체. 아주 비쌀 것 같은 상선이었다.

플레이어들이 가지려면 전 재산을 쏟아도 모자랄 수준의 범선!

그 위에 사람들이 바글거렸다. 모두 다 희망으로 얼굴이 반짝거렸다.

"어디로 가지? 분명 좋은 곳일 거야. 맥크레니 상단이 갈 만한 곳이니까."

"그렇지? 상단이 막 위험한 곳에 가지는 않을 거 아니야."

상단에 대한 믿음.

플레이어가 이렇게 많이 모인 이유 중 하나였다.

맥크레니 상단은 태현이 제노마 시에 오기 전부터 유명했던 상단이었다.

유명한 상단은 유명한 교단이나 유명한 세력만큼이나 사람들이 믿는 곳이었다.

게다가 맥크레니 상단은 상단인 만큼 다른 세력들보다 덜 위험한 일을 한다고 평가받았다.

맥크레니 상단이 사람들을 모은다! 했을 때 사람들은 '그래도 맥크레니 상단이니 위험한 곳으로 가지는 않겠지?' 하고 믿고 따라온 것이다.

"주변 섬이 뭐가 있더라?"

"엘더렌 섬? 거기 좋지! 거기 가면 분명 발견 보너스 나올 거야. 풍경도 좋고 몬스터도 그렇게 안 강하다고 하더라. 거기 사는 사람들도 친절하고."

초보자 화가 세트를 차려입은 두 플레이어가 두근거린다는 듯이 서로 보고 웃어댔다.

아름다운 엘더렌 섬에 가서 자연의 모습을 그대로 담아내리라!

그들은 실제 현실에서도 그림을 그리는 사람들이었다.

그렇지만 판타지 온라인 2의 자연은 현실의 자연과는 비교도 안 되는 스케일의 자연.

하늘에서 쏟아져 내리는 마나 폭풍, 빙하들 사이에서 날아다니는 아이스 드래곤, 용암 속에서 끓어오르는 거인들…….

모두 다 화가의 영감을 자극하는 장면들이었다.

'나도 꼭 여기서 영감을 얻을 거야!'

그들은 그렇게 생각하며 서로의 손을 잡았다.

철컥, 철컥-

"야, 넌 뭘 그렇게 많이 챙겨왔냐?"

"대장장이라면 기본이지. 너 거기 가서 재료 구하기가 쉬울 것 같아? 재료는 많이 갖고 다녀야 하는 거야."

두 대장장이 플레이어는 서로 친구였다. 남자는 잔뜩 짐을

짊어진 친구를 보며 고개를 갸웃거렸다.

"그래도 그렇게까지 많이 필요할 것 같지는 않은데? 너 지금 느려졌잖아."

최대 무게 한계를 넘겨서 느려진 친구였다.

"나중에 나한테 재료 달라고 하지 마라!"

"에이, 그런 게 어딨냐. 돈 줄 테니까 재료 필요하면 좀 나눠 줘. 가서 뭐 만들어야 할지도 모르는데."

"흥. 비싸게 받을 거다."

둘의 대화는 화기애애했다. 다투는 것처럼 보였지만 친한 사이니까 가능한 대화였다.

"무기가 많았으면 좋겠다."

"난 중갑옷. 스킬 숙련도 올려야 해. 지금 제노마 시에서 중 갑옷이 가장 인기 많은 거 알지? 스킬 숙련도 올리면 팍팍 나 갈 수 있을 거야."

"난 그래도 무기가 좋더라. 멋있잖아."

"야. 멋있는 건 둘째 치고 일단 돈부터 모아야 뭘 할 거 아냐?"

루포는 지나가다가 둘의 대화를 듣고 작게 중얼거렸다.

"무기도 많고 중갑옷도 많을 거다."

"……?"

"방금 저 NPC가 뭐라고 하지 않았어?"

"무기도 많고 중갑옷도 많다고? 했지?"

분명 제대로 들었다면 그렇게 말했었다. 둘은 주먹을 불끈 움켜쥐었다.

"정말……."

"여기 오기를 잘했어!"

　루포는 차가운 눈빛으로 태현을 쳐다보았다.

'이래도 양심이 찔리지 않느냐?'

　그러나 태현은 얼굴 표정 하나 변하지 않고 선장에게 물었다.

"얼마 정도 남았나?"

"삼십 분 정도 더 가면 나타날 겁니다."

"미리 말은 해뒀지?"

"예. 제대로 된 교섭은 직접 만나서 해야겠지만……."

　태현은 선장의 어깨를 툭툭 두드려준 다음 루포를 쳐다보았다.

"루포. 협상하러 가자고."

"예?! 왜 접니까?!"

"네가 여기서 제일 강하지 않나?"

"……!"

　루포는 살짝 놀랐다. 그 말이 맞긴 했다. 상단의 실력자 중에서 그가 제일 강했으니까.

그도 나름 그 사실에 자부심이 있었다.

그렇지만 그걸 태현이 어떻게 알아차렸단 말인가?

"무슨 일 생기면 나 도와줘야지."

"……."

태현은 도와주고 싶은 마음이 싹 사라지게 만드는 재능이 있었다.

그러나 어쩌겠는가. 맥크레니한테 받은 명령이 있는데.

루포는 고개를 푹 숙이고 태현을 따라갔다.

"너무 걱정하지 마. 잘될 거야."

'네가 일을 벌였잖아!'

루포는 속마음을 삼켰다.

"미리 말은 해뒀다고 했지?"

"예. 그렇긴 한데 해적 놈들은 믿을 게 안 돼서…… 약속을 밥 먹듯이 어기는 놈들이니까요."

"뭐, 틀어지면 어쩔 수 없지."

"생각해 놓으신 방법이라도 있으십니까?"

"응? 그냥 도망치려고 했는데. 저 배 가지면 쫓아오지는 않겠지."

"……."

루포는 순간 뒷목을 잡을 뻔했다. 자기 돈으로 산 배 아니라고 저렇게 쉽게 버린다는 말을 하다니…….

"해적들도 갇혀서 살다 보면 아쉬운 게 많을 거야."

태현은 말과 함께 뛰어내렸다. 맥크레니 상단의 함선 옆에 작은 보트가 있었다.

교섭을 위해 둘이 먼저 타고 이동할 생각이었다.

"가자."

"잠깐만 기다리십시오. 이걸 켜야 합니다."

마탑의 추진장치:

에랑스 왕국의 마탑에서 만든, 마력으로 작동하는 소형 엔진. 거대한 함선을 움직이지는 못하지만 소형 보트를 밀기에는 충분하다.

[기계공학 아이템을 발견했습니다. 기계공학 스킬이 상승합니다.]

[마법 아이템을 발견했습니다.]

[기계공학 스킬이 부족해 제작법은 알아내지 못합니다.]

[마법 스킬이 부족해 제작법을 알아내지 못합니다.]

빠르게 뜨는 알림창들.

태현은 아쉬움에 입맛을 다셨다. 기계공학 스킬이 조금 오르기는 했지만 이런 장치는 제작법을 알아내는 게 제일이었다.

마법과 기계공학 스킬 둘 다 있어야 알아낼 수 있는 것 같은데…….

"뜯어 가시면 안 됩니다!"

"……어떻게 알았지?"

속마음을 들킨 태현은 손을 치웠다. 루포는 안도의 한숨을 내쉬었다.

태현이 손을 대길래 혹시나 싶어서 말했는데 진짜로 가져가려고 한 거였다니.

"그거 비싼 겁니다! 마탑에서도 아무한테나 파는 게 아니라고요!"

"알겠어, 알겠어. 안 가져간다니까."

부우웅-

보트는 빠르게 물살을 가르고 앞으로 움직였다.

얼마 지나지 않아서 수평선 너머로 거대한 함선이 보였다. 상선과는 달리 옆에 대포가 삐죽삐죽 나와 있었다.

해적선이었다.

"거기서 멈춰라!"

해적선 위에 있던 해적들이 태현과 루포를 발견하고 외쳤다. 그들은 밧줄을 던졌다.

"타고 올라와! 천천히!"

루포가 긴장한 얼굴로 태현을 쳐다보았다.

"위에서는 조심하셔야 합니다. 아시죠?"

"알아. 알아."

"그렇게 말하시니 전혀 설득력이 없잖습니까! 혹시나 저놈들 앞에서 화신이라던가 신 관련된 소리는 절대 하시면 안 됩니다."

해적들은 욕심이 많았다. 게다가 카테란드 해적단은 그냥 해적단이 아니었다.

그들의 대장은 야심이 넘치는 남자였다.

"알겠다니까?"

둘이 밑에서 떠들자 해적 한 명이 짜증을 냈다.

"뭐하는 거냐! 올라오라고 했을 텐데! 이상한 짓을 했다가는 당장……."

"지금 올라가니까 진정하라고!"

태현은 손을 흔들고 밧줄을 잡은 다음 올라갔다.

탁-

갑판 위에 올라가자마자 보이는 건 수많은 눈동자였다.

태현과 루포를 빤히 쳐다보는 해적들의 눈동자들!

팔짱을 끼고 가만히 있었지만 그들의 태도는 결코 친절한 태도가 아니었다.

'니들이 어떻게 하나 보자'라는 뜻이 온몸에서 느껴졌다. 루포는 긴장한 얼굴로 손가락을 꿈틀거렸다.

조금이라도 자극을 하면 바로 칼을 뽑을 것 같았다.

태현은 헛기침을 한 번 하고서 입을 열었다.

이것보다 더 위험한 상황을 수십 번도 넘게 겪었다. 이런 것 때문에 긴장하지는 않았다.

"안녕하십니까. 위대한 대해적님들."

"……."

"이미 아시겠지만, 저희는 여러분들의 요새를 좀 더 생기 있고 활동감 넘치게 꾸며드리려고 온……."

"너희가?"

"우리가 어떻게 믿지?"

"무슨 꿍꿍이가 있는 게 아니고?"

순식간에 끼어드는 해적들. 그들은 못 믿겠다는 표정이었다.

"못 믿을 게 뭐가 있겠습니까? 저 멀리서 오는 배를 보시면 바로 알 겁니다. 무장한 군사들 같은 것도 없고 무기도 없습니다. 있는 건 우리 대해적 여러분들을 도와드리고 싶어 하는 사람들뿐이죠."

[화술 스킬이 증가합니다.]

[화신의 매력으로 친밀도 보정을 받습니다.]

[해적들이 당신의 말을 믿습니다.]

"맥크레니 상단이 뭐가 아쉬워서 그런 짓을 하지?"

"솔직하게 말하자면 돈 때문이죠."

태현의 말은 청산유수처럼 막힘이 없었다.

"돈 때문이라고?"

"예. 아시다시피 상인들은 돈만 얻을 수 있다면 뭐든 하는 사람들이잖습니까? 그 돈이 불법이든 아니든 그건 크게 중요하지 않죠. 그리고 우리 대해적 여러분들께서는 돈이 될 만한 걸 많이 갖고 있지 않습니까?"

해적들이 돌아다니면서 약탈한 물건들은 다양했다. 귀금속부터 시작해서 온갖 아이템들을 다 약탈했지만, 이걸 처리하는 것도 일이었다.

"우리가 훔친 물건들을 처리해 주겠다고?"

"물론 저희도 돈을 받아야죠."

옆에서 듣던 루포는 기가 막혔다.

들킬 걱정 없다고 저렇게 대놓고 거짓말을 하다니.

물론 해적들이 훔친 물건을 거래하면 많은 이익을 볼 수 있었다.

그러나 그게 발각이 된다면 보통 위험한 게 아니었다. 왕국에서 상단을 직접 조사할 수도 있는 것이다.

아무리 이득이 커도 그에 따른 위험을 생각하면 절대로 하지 않을 짓!

그러나 태현은 어차피 걸릴 일 없다고 저렇게 거짓말을 늘어놓고 있었다.

'어차피 이번만 넘기면 해적 놈들 볼 일 없잖아?'

해적들이 속아서 억울하다고 육지에 올라와서 쳐들어오지도 않을 테니까!

"맥크레니 상단이 우리와 손을 잡고 싶어 한다…… 이 말이지?"

키가 크고, 해적 코트를 멋지게 차려입은 남자가 중얼거렸다. 그가 입을 열자 다른 해적들이 옆으로 갈라섰다.

딱 봐도 해적단 우두머리의 느낌이 들었다.

"데넬손 님!"

"데넬손 님!"

루포가 태현의 옆구리를 찌르더니 작게 속삭였다.

"저게 카테란드 해적단의 두목입니다."

"잘생겼네."

"예?"

"잘생겼다고."

"……지금 그런 게 신경이 쓰입니까?"

"왜. 잘생긴 건 잘생긴 거지."

데넬손은 약간 무섭게 생겼지만 동시에 잘생긴 얼굴을 갖고 있었다.

마치 영화배우 같은 얼굴.

태현과 루포 둘이 떠드는 동안 데넬손은 다시 입을 열었다.

"맥크레니 상단이 우리와 손을 잡고 싶어 한다니 의외로군.

쌔나 얌전을 떨더니. 이제는 우리 같은 놈들과 손을 잡고 싶다 이건가?"

그 말을 들은 태현은 루포에게 수군거렸다.

"저거 왜 저렇게 속이 좁아? 이제까지 왜 모르는 척했냐고 그러는 거 맞지?"

"……제발 말 좀 가려서 하십시오."

태현은 데넬손을 쳐다보며 말했다.

"상황이야 언제든지 달라지지 않겠습니까? 과거는 과거, 지금은 지금이죠."

"홍. 그 말을 얼마나 믿어야 하는지 모르겠군."

'아, 속 좁은 자식……'

얼굴은 잘생겨 가지고 하는 소리는 계속 투덜대는 소리였다. 물론 밖으로는 말하지 않았다.

지금은 태현이 아쉬웠으니까!

태현은 웃는 표정을 유지하며 계속 말했다.

"믿으셔도 좋습니다. 저희도 지금 돈이 많이 필요한 상황이 거든요."

"돈이 많이 필요하다? 어째서지?"

"크흠. 이건 비밀인데, 저희 상단의 주인인 맥크레니 님께서 도박에 돈을 많이 날리셔서……."

"……?!"

루포는 깜짝 놀라서 태현을 쳐다보았다. 아니, 이 인간이 대체?

"맥크레니가 도박으로 돈을 날렸다고? 생각보다 더 한심한 여자였군."

덕분에 깎이는 건 맥크레니의 평판. 맥크레니는 알지도 못하는 사이에 도박으로 큰 돈을 날려서 상단을 위태롭게 만든 사람이 되어가고 있었다.

데넬손은 마침내 고개를 끄덕였다.

"좋아. 어디 한번 어떻게 하나 보겠다."

[해적들의 대장 데넬손이 제안을 수락합니다.]

[화술 스킬이 증가합니다.]

[섬을 어떻게 꾸미느냐에 따라 해적들의 반응이 달라집니다.]

<해적들의 섬을 꾸며라>

카테란드 해적단은 악명 높은 해적들이지만, 그들도 고민은 있다. 왕국에 단단히 찍혔기에 필요한 아이템을 얻거나 요새에 필요한 사람들을 구하는 데에 어려움을 겪었던 것이다.

이번에 맥크레니 상단에서 제안한 건 해적단에게도 솔깃한 제안이었다. 해적단의 섬을 완벽하게 꾸며라. 그러면 아무리 난폭한 해적들이라도 보상을 해줄 것이다.

보상: 카테란드 해적단과의 친밀도 상승, ?, ??

카테란드 해적단은 맥크레니 상단의 제안을 거절할 이유가 없었다.

각종 물자에, 요새를 꾸밀 사람들까지 공짜로 제공해 주는 셈이었으니까.

태현은 루포를 보며 말했다.

"어때, 잘 해결됐잖아?"

"앞으로 남은 일도 이렇게 해결됐으면 소원이 없겠습니다."

"어? 저 배 뭐야?"

"어디서 본 것 같은데? 우리가 타고 있는 배보다 더 크잖아?"

화가 직업으로 키우고 있는 이지나는 옆에 있는 친구 최연정을 보며 물었다.

"전투용 맞지? 옆에 마법 대포도 달려 있고……."

"호위함인가?"

"저, 저거……."

"응? 왜 그래?"

친구가 손가락질을 하며 벌벌 떨자 이지나는 고개를 갸웃거렸다.

"저 깃발!"

"깃발이 왜…… 헉!"

상선 곳곳에서 비슷한 반응이 일어나고 있었다. 옆에 붙은 배의 깃발을 봤기 때문이었다.

해적의 깃발이었다.

카테란드 해적단의 깃발.

"해적선이잖아!?"

"도망, 도망쳐야 해!"

"왜 가만히 있는 거야! 도망쳐야 한다니까! 해적선이 옆에 붙었잖아!"

플레이어들은 당황해서 선원을 붙잡고 소리쳤지만 선원은 태연하게 어깨를 으쓱거렸다.

"당황할 거 없습니다. 공격 안 하니까요."

"뭐라는 거야?!"

"해적이 공격을 왜 안 해?!"

"이 배는 해적들이 있는 곳으로 가는 배입니다, 여러분."

"……!!"

사람들은 경악해서 입을 벌렸다.

지금 저 선원이 뭐라고 한 거지?

"아니, 뭐라고요?"

"내가 잘못 들은 거지?"

"이 배는 카테란드 섬으로 갑니다. 카테란드 해적단이 있는 곳이죠."

"그, 그러면 우리가 손보는 요새는……."

"해적단의 요새죠."

"우리가 퀘스트를 받고 퀘스트를 해결할 NPC들은……."

"해적들이죠."

간단하게 대답해 주는 선원. 대답을 들은 사람들은 망치로 머리를 얻어맞은 표정이었다.

"뭔 해적이야?!"

"그 사람 어딨어? 퀘스트 모은 사람!"

불평하는 사람들로 갑판 위가 시끄러워지자 태현이 나섰다. 태현은 사람들 앞에 섰다. 물론 상단의 호위들도 옆에 끼고.

"무슨 일이지?"

"뭐에요, 이게! 분명 좋은 퀘스트라고 했었잖아요!"

"이건 맥크레니 상단의 퀘스트고, 그거 공유해 준 건데. 내가 무슨 거짓말이라도 한 적 있나?"

"카테란드 섬으로 가잖습니까!"

"거기가 뭐 어때서?"

"해적단이 있잖아요!"

"그러니까. 해적단이 있는 게 뭐 어때서? 무슨 문제 있나?"

뻔뻔하기로는 얼굴에 철판을 깐 수준!

태현은 어차피 복면도 쓴 상태였다. 플레이어들이 불평불만을 해도 아무런 신경을 쓰지 않았다.

태현은 손가락으로 가장 앞의 플레이어 한 명을 지목하며 물었다.

"그러면 내가 물어보지. 맥크레니 상단 정도 되는 세력의 퀘스트를 같이 받으면서, 아무 위험도 안 겪고 아무 노력도 안 하고 쉽게 퀘스트를 깰 수 있을 줄 알았어? 그거 너무 날로 먹으려는 거 아냐?"

"아, 아니, 그런 게……."

"해적단이라서 불만이 있는 건가? 해적들이 뭐 어때서? 우리는 가서 퀘스트만 잘 깨주고 보상만 받으면 돼. 해적들이 우리를 잡아놓는 것도 아닌데 왜 난리지?"

"……."

순식간에 말문이 막힌 사람들은 입을 다물었다. 난동을 피우기에는 여기 있는 맥크레니 상단의 사람들이 레벨이 높았다.

게다가 엄밀하게 따지면 태현은 거짓말을 한 적이 없었다.

맥크레니 상단의 퀘스트를 공유한다고 했고, 실제로 공유했으니까.

아무도 맥크레니 상단이 카테란드 섬으로 갈 거라고는 생각하지 못해서 그렇지!

"이렇게 설명을 해줬는데도 아직 불만이 있는 사람 있어?"

사람들은 서로 처다보며 눈치를 봤다. 태현의 말은 아무리 봐도 친절하게 물어보는 것 같지가 않았다.

아무리 봐도 한 명 골라서 본보기를 보여줄 것 같은 불길한 예감!

"있으면 나와. 돈 돌려줄 테니까 돌아가면 돼. 이런 퀘스트를 공짜나 다름없게 공유해 줬는데 나도 불만 들어가면서 같이 할 생각 없으니까."

"어…… 어떻게 돌아가죠?"

"알아서 돌아가야지."

"……."

그렇게 멀지는 않았지만 여기서 육지까지는 헤엄쳐서 갈 만한 거리가 아니었다.

바다에서 오래 헤엄치다 보면 체력에 페널티가 붙었다. 게다가 여기 있는 사람들 대부분은 제작이나 예술 직업.

체력 스탯이 높은 사람이 드물었다.

체력 스탯이 높아도 익사할 가능성이 높은데 이들이라면 100% 익사!

"그래서, 불만 있는 사람?"

아무도 나오지 않았다.

"좋아! 요리사는 이쪽으로! 대장장이는 저쪽으로! 또 누구 있나?"

"저, 저는 화가인데……."

"화가? 화가도 있어? 화가는 어디에 써먹지?"

"글쎄?"

해적들은 서로 보며 고개를 갸웃거렸다. 그들에게 화가는 뭘 하는지 알 수 없는 직업이었다.

"넌 뭘 할 수 있냐?"

"글, 글쎄요? 어…… 요새 벽에 그림을 그리거나, 해적기를 그리거나……."

"그거 괜찮네."

"멋지게 그려달라고. 그러면 화가들은 저쪽으로 가라! 또 다른 거 있어?"

"저, 저는 낚시꾼인데……."

"낚시꾼? 그러면 저기 절벽으로 가서 생선이나 낚아와!"

배에서 내린 플레이어들은 우왕좌왕하며 나뉘어졌다. 앞에 있던 해적들이 지시를 내리기 시작한 것이다.

해적들은 결코 친절한 NPC가 아니었다.

그래도 나름 대도시에서 나름 친절한 NPC들과 지내왔던 플레이어들은 적응하기 힘든 거친 NPC들!

해적이란 걸 알고 있으니 반항도 할 수 없었다. 잘못해서 죽기라도 한다면 그대로 페널티를 입을 테니까.

"야, 하라는 대로 해야 하는 거지?"

"그러면 어쩌게? 너 반항할 수 있냐?"

"그렇긴 한데……."

다들 소곤거리면서 눈치를 봤다. 그러자 해적이 고함을 질렀다.

"빨리빨리 움직이지 못해! 한 대 맞고 싶냐!"

"히익!"

그 말을 듣자 모두 빠르게 움직이기 시작했다. 일단 목숨이 우선이었으니까.

"설마 이거 했다고 나중에 왕국 쪽에 무슨 말 듣는 거 아냐?"

플레이어 중에서는 머리가 좋은 플레이어도 있었다.

당연히 해야 하는 생각이었다.

왕국의 적인 해적을 도와준 게 발각된다면?

왕국 쪽에서는 싫어할 것이다.

"우, 우리는 억지로 끌려왔잖아?"

"정확히 따지면 억지는 아닌데……."

"아니, 못 들었잖아!"

"그거 왕국 사람들이 믿어줘야 하잖아."

"그러면……."

"절대 들키지 말아야지."

"……!"

이제야 그들은 상황을 깨달았다. 태현한테 속았다고 해서 왕국에 가서 신고를 할 수가 없었다.

이미 그들도 공범인 상황이었으니까!

이제 남은 건 최선을 다해 일을 하는 수밖에 없었다.

"이게 뭐야!"

"열심히 일하는 사람들을 보는 건 언제나 좋군."

"……무슨 노예 주인입니까?"

중얼거리는 태현을 보며 루포가 어이가 없다는 듯이 말했다.

태현은 요새의 탑 위에서 플레이어들을 지켜보고 있었다.

해적들이 시키는 대로 나뉘어져서 열심히 일하는 플레이어들!

"들키지는 않았지?"

"예. 눈치는 못 챈 거 같습니다."

"어디쯤 있을까?"

"섬의 지하에, 고문서가 맞다면 아마……."

루포는 손가락으로 요새의 중앙을 가리켰다.

"저기 밑으로 내려가야 할 겁니다."

"저기가 어딘데?"

"아마 해적들이 감옥으로 쓰고 있는 곳 같습니다. 그 밑에 있겠죠."

"경비가 심하겠군."

"예, 철저하겠죠. 해적들이 인질 잡아놓을 때 쓰는 곳이니 말입니다."

"뚫을 수 있겠냐?"

"예? 저는 전사지 도적이 아닙니다!"

"도적은 없나?"

"상단에서 도적을 왜 찾으십니까?"

"하긴. 그것도 그러네. 그러면 어떻게 내려갈까……."

태현은 턱을 긁적이며 생각에 잠겼다. 사실 저 지하 감옥으로 가는 것 자체는 쉬웠다.

그 뒷감당이 어려워서 그렇지.

여기는 해적들이 우글거리는 섬의 한가운데였다.

만약 문제가 생기면 해적들을 뚫고 나가야 했다. 그리고 또 쫓아오는 해적들을 떨쳐내야 했다.

바다 위에서 말이다.

안 그래도 어려운 난이도가 몇 배로 뛰는 상황.

'조용히 끝내는 게 최선인데 말이야.'

지금 열심히 일하는 플레이어들이 더 열심히 노오오력을 해 준다면 해적들의 호감을 살 수 있을 것이다.

그렇게 되면 여기에 좀 더 있어도 될 것이고, 태현도 몰래 내려갈 수 있으리라.

'은신으로 될지는 모르겠지만, 한 번 찔러나 봐볼까.'

태현은 자신이 있었다.

안 잡힐 자신이 아니라, 잡혔을 때 변명을 할 자신이.

-은신!

이번에 새로 얻은 방랑자의 외투는 다양한 스킬 옵션을 갖고 있었다.

그중 하나가 은신이었다.

도적 계열 직업이라면 당연히 갖고 있는 스킬이었지만, 태현은 도적 계열 직업이 아니었다.

이런 아이템에서 쓸 수 있는 스킬이 아주 귀중할 수밖에 없었다.

[은신을 사용합니다. 도적 계열 직업이 아니라 페널티를 받습니다.]

[큰 소리를 내거나 소란을 만들면 은신이 풀릴 수 있습니다.]

[상대에 따라 은신이 통하지 않을 수 있습니다.]

[높은 행운 수치로 은신에 보너스를 받습니다.]

빠르게 뜨는 창들을 보며 태현은 조심스럽게 땅에 착지했다.

감옥답게 경비를 서는 해적들이 몇 명 있었다. 틈을 만들고 싶었지만 의외로 만만치가 않았다.

경계를 하고 있지는 않았지만 빈틈도 없는 자세!

"야, 이번에 새로 온 놈들 봤냐?"

"뭔데?"

"그놈들 재주가 기막히더라고. 우리가 잡아 온 대장장이들 있지? 그것들보다 훨씬 더 실력이 괜찮더라. 이 칼 좀 봐. 새로 온 놈들이 만져준 거야."

"오. 대단한데?"

해적들은 상선에 타고 있던 플레이어들의 실력에 만족하고 있었다.

사실 당연했다. 제노마 시에서 제작 스킬을 갈고 닦던 플레이어들이었으니까.

"나도 가서 좀 해달라고 해야겠다."

"좋다니까. 꼭 해라. 이 칼, 날 선 거 보이지?"

'흠······.'

해적들의 대화를 듣던 태현은 좋은 생각이 떠올랐다.

"어이! 거기! 여기 칼들 전부 갈아!"

"어, 아직 갑옷 수리 못 끝냈는데······."

"뭐? 아직도 못 끝냈어?! 빨리빨리 하라고! 그렇게 손이 느려서 어디에 써먹겠어!"

[해적 백병대장 로드란이 화를 냅니다.]
[작업을 빨리 끝내지 않으면 친밀도가 하락합니다.]

"에이, 대장. 너무 그러지 마요. 그래도 일 잘하잖아요."
"맞아요. 이 갑옷 좀 보세요. 그 많던 녹이 다 사라졌는데!"
대장장이 플레이어, 박성찬은 그 말을 듣자 순간 울컥하고 눈물이 날 것 같았다.
'이게 뭐라고 눈물이 나냐!'
그들은 섬에 도착하자마자 구경이고 뭐고 없이 바로 작업실로 끌려온 상태였다.
판타지 온라인 2는 아름답고 다양한 자연으로 유명했다.
어딘가 새로운 곳으로 갔을 때, 거기의 모습을 보는 것도 즐거움 중 하나였던 것이다.
그러나 여기서는 그런 것도 없었다. 배에서 내리고 나서 본건 작업실의 벽과 천장이 전부!
덕분에 레벨이 2나 오르고 대장장이 스킬도 쭉쭉 오르는, 폭풍 성장을 하고 있었지만······.
'쉬고 싶어! 쉬고 싶다고!'
쉬고 싶지만 지금 쉬었다가는 기회를 날릴 것 같아서 쉬지도 못하고 계속 갑옷을 두드리고 있었다.

그런 상황에서 해적이 응원을 해주자 감동을 할 수밖에 없었다.

박성찬은 코를 잡고 고개를 들었다.

눈물을 숨기기 위해서!

"할 게 얼마나 많은데……. 에이, 알겠다. 가서 좀 쉬어라."

"……!"

부하의 말을 들은 로드란이 입맛을 다시며 쉬어도 좋다고 허락을 했다.

박성찬은 친구 김지산을 보며 감격스러운 표정을 지었다.

"드디어……."

"쉬어도 된대!"

둘은 털썩 주저앉았다. 게임을 이렇게 열심히 한 건 처음이었다.

"너 스킬 얼마나 올랐어?"

"어? 안 봤는데……. 헉!"

김지산은 스킬 창을 보고 깜짝 놀랐다. 평소 도시에서 연습하던 것과는 비교도 안 될 만큼 늘었던 것이다.

해적들의 레벨 높은 아이템을 엄청나게 많이 만지다 보니 오르는 속도가 빨랐다.

"우와…… 나 이렇게 하면 금세 랭커 되는 거 아니냐?"

"말이 되는 소리를 해라."

"농담이야. 근데 진짜 여기 괜찮은 것 같은데?"

"뭐? 여기가 괜찮다고? 너 머리 괜찮냐?"

김지산은 박성찬을 보며 어처구니가 없다는 듯이 머리를 톡톡 두드렸다.

여기가 괜찮다니.

그들은 지금 여기 끌려와서 경치 구경이나 즐거운 경험 같은 건 전혀 하지 못하고 있었다.

와서 한 건 해적들의 작업실에서 계속 망치를 두드린 것뿐!

"아니, 잘 들어봐. 너 여기 와서 레벨 얼마나 올랐어?"

"도시에서보다 빨리 오르긴 했는데……."

"스킬은 얼마나 올랐어?"

"그것도 많이 오르긴 했는데……."

"근데 안 좋다고?"

"……."

그렇게 따지니 할 말이 없었다.

"그렇지만 지금 쉬지도 못하고 계속 일하고 있잖아!"

"야, 이런 퀘스트가 또 언제 오겠어? 이건 기회야! 이때 팍팍 올리는 거야!"

"……!"

친구의 말을 듣다 보니 그럴듯했다.

처음에는 해적이라는 말에 속았다고만 생각했지만 이게 의외로 꿀이었던 것이다.

잘 챙기면 다른 대장장이들과 차이를 벌릴 수 있는 기회!

두 친구는 서로의 손을 붙잡았다.

"좋아! 이번 기회에 올리는 거야! 해적이든 뭐든 어떠냐! 경험치만 올리면 그만이지!"

"그럼 바로 시작할까?"

"……조금만 더 쉬고 하자."

바로 시작하기에 그들은 너무 많이 일했다. 휴식이 필요했다.

그러나 그들은 쉴 수 없었다. 태현이 왔기 때문이었다.

"거기 둘."

"……?"

둘은 태현을 금세 알아봤다. 맥크레니 상단의 상선에 탄 플레이어들 사이에서 태현은 이미 유명해진 상태였다.

보통 '복면 쓴 XXX'나 '코트 입은 XXX'로 불렸다. '사기꾼' 정도는 약한 수준일 정도로.

물론 그렇다고 태현의 앞에서 그런 소리를 하는 사람은 없었다.

딱 봐도 태현은 레벨이 높아 보였으니까.

상단의 높은 사람들과 친하게 지내며 이런 희귀 퀘스트를 직접 진행할 정도면 랭커나 준 랭커 정도는 될 것이 분명했다.

그들은 상상도 하지 못했다. 태현이 레벨 30도 넘지 않는다는 것을.

"어, 무슨 일이십니까?"

"좋은 일거리가 생겼어. 따라와."

"……?"

"싫어? 싫으면 말고. 다른 사람한테 부탁하지 뭐."

태현은 둘이 망설이자 그냥 몸을 돌렸다.

"아닙니다! 할래요!"

"저도 하겠습니다!"

둘은 이미 이 섬이 기회라는 걸 깨달은 상태였다. 여기서 일거리를 준다는 걸 거절하면 바보였다.

물론 엄청나게 노가다를 해야 할지도 모르겠지만……

그래 봤자 지금까지 한 것보다 더 심하겠는가?

둘은 그렇게 생각하며 손을 들었다.

태현은 복면 밑으로 씩 웃었다. 복면이 좋은 점은 대놓고 웃어도 사람들이 모른다는 것이었다.

둘은 한 가지 잊고 있었다. 그들이 저런 말에 속아서 이 섬에 왔다는 것을!

"저기 저 해적들 보이지?"

"네."

"가서 친한 척을 해."

"네?"

"혹시 말을 이해 못 하나?"

"아, 아니, 친한 척을 하라는 게 무슨 소리죠?"

"가서 친한 척을 하라고. 내가 저기 들어갈 수 있게."

"……!"

박성찬과 김지산은 서로 쳐다보았다. 지금 이 인간이 뭘 꾸미고 있는 거야?

"어떻게 친한 척을……?"

"그것도 내가 알려줘야 해? 가서 '새로 온 사람인데 무기랑 장비 좀 봐드릴게요~' 하면 되잖아."

태현은 1초도 고민하지 않고 바로 방법을 말했다. 그걸 들은 둘은 '아'하고 감탄했다.

"그런 방법이……!"

"……지금 그거 듣고 감탄한 거야? 진짜로?"

태현은 어이가 없었다. 이런 간단한 기본적인 방법도 떠올리지 못하다니.

그렇지만 둘도 할 말은 많았다.

그들은 도적이나 다른 직업이 아니라 대장장이였으니까!

대장장이로 랭커를 때려잡고 온갖 곳을 돌아다니며 모험을 한 태현이 이상한 거였다.

원래 대장장이는 저런 모험이 아니라 도시에서 일하는 직업이었다. 저런 속임수와는 거리가 멀었다.

"빨리 가서 말이나 걸어."

"아, 네."

둘은 태현이 등을 떠밀자 허둥지둥 앞으로 달려갔다.

"저, 저기……."

"뭐야?"

한눈에 봐도 험악하게 생긴 해적들은 두 대장장이가 다가오자 인상부터 찡그렸다.

둘은 바로 겁을 먹고 서로를 쳐다보았다.

'어쩌지?'

'어쩌기는 뭘 어째. 하라는 대로 해야지!'

태현에게 이미 다 말을 들었는데 여기서 물러설 수는 없었다.

"저, 저희가 새로 온 대장장이인데요."

"그래서?"

"그, 여러분들의 장비도 좀 봐드리려고……."

"뭐어어?"

"헉! 싫으시면 안 주셔도 괜찮아요!"

해적의 목소리가 올라가자 박성찬은 급히 말했다. 여기서
죽는 건 사양이었다.

"이런 친절한 놈들을 봤나!"

"네?"

"싹수가 좀 있는 놈들이군!"

[해적 감옥 보초가 당신의 친절에 감동합니다. 친밀도가 증가
합니다.]

"그래. 대장장이라면 이렇게 직접 와서 부탁을 하는 맛이 있
어야지! 저기 갇혀 있는 놈들은 그런 맛이 없다니까!"

사실, 해적의 말은 잘 따지고 보면 말도 안 되는 소리였다.

밖에서 강제로 잡아 온 대장장이들이 열심히 일할 리 없지
않은가.

그렇지만 이 둘에게는 그런 생각이 들지 않았다. 오로지 들
린 건 '갇혀 있는 놈들'이란 단어뿐!

"간, 갇혀 있다니요?"

"응? 저기 저놈들 본 적 없나? 밖에서 데리고 온 놈들인데
말이야, 영 시원찮단 말이지. 대장장이라면서 무기 만지는 솜

씨도 별로고!"

"하, 하하. 그렇군요……."

"잘해달라고! 안 그러면 너희들도 저기에 처넣어 버릴 테니까!"

"……!!"

해적이 하는 말이 농담인지 진담인지 알 수가 없었다. 둘은 땀을 삘삘 흘리며 고개를 끄덕였다.

"저, 그러면 무기를 일단 주셔야……."

둘이 떠드는 사이 태현은 빠르게 은신을 사용했다. 그리고 조심스럽게 문을 열었다.

스스슥

다른 도적 플레이어들이 봤다면 혀를 내둘렀을 정도의 능숙함!

보통 한두 번 해본 솜씨가 아닌 것 같았다.

판타지 온라인 2는 가상현실게임이었고, 스킬이 높더라도 어느 정도는 플레이어가 실제로 할 줄 알아야 했다.

지수가 왜 늑대를 상대로 그렇게 고전했겠는가. 타고난 근접 전 센스가 없어서였다.

둘은 태현을 보며 생각했다.

'도적이지?'

'웅. 도적 같다.'

하는 짓도 그렇고, 저건 분명 레벨 높은 도적 직업이 분명해!

태현은 졸지에 도적으로 의심을 사게 되었다.

해적 요새 가운데에 있는 지하 감옥은 살벌했다.

문을 열고 들어가 계단을 내려가니 축축하고 어두운 공기가 느껴졌다.

앞도 제대로 안 보일 정도.

태현은 눈을 찌푸리며 천천히 걸어갔다.

여기가 감옥으로 쓰이고 있으니, 일단 주변을 돌아다니면서 아래로 내려갈 만한 방법을 찾아야 했다.

'그런데 여기 해적들은 그 비밀을 모르고 있는 거겠지?'

화신의 권능이 이 지하에 있다는 것을 알고 있다면 해적들이 여기를 감옥으로 쓰고 있지는 않을 것 같았다.

욕심 많은 해적들이라면 그걸 잘 활용해서 벌써 써먹었겠지.

'그러면 아래로 내려가는 입구는 해적들도 모르는 건가?'

태현은 그렇게 생각하며 계속해서 걸어갔다.

"아이고, 아이고……."

"흑흑흑. 밖으로 내보내 줘!"

"시끄럽다, 이놈들! 빨리 일하지 못해! 오늘치 일을 끝내지 못한다면 밥은 없다!"

해적 감옥 간수가 외치자 안에 갇힌 대장장이들은 울음소리를 냈다.

밖에서 다양하게 잡혀온 그들은 제대로 일을 하지 않아 갇혀 있었다.

해적들이 골치를 앓고 있는 것 중 하나였다.

요새가 돌아가려면 여러 사람들이 필요했다.

그런데 기껏 잡아 온다고 해도 저렇게 못 하겠다고 버티거나, 가족이 보고 싶다고 일을 안 하면 의미가 없었던 것이다.

맥크레니 상단의 제안을 받아들인 건 이런 이유 때문도 있었다.

언제나 사람 손이 없어서 삐걱거리는 해적 요새에서 저런 대규모 인원은 가뭄에 단비 같은 존재!

태현은 그들을 지나쳐서 더 안쪽으로 들어갔다. 간수나 갇힌 대장장이들한테는 볼 일이 없었다.

더 밑으로 내려갈 곳을 찾아야 했다.

"……!"

지하 2층으로 내려가자 분위기 자체가 달라졌다. 태현은 놀란 눈으로 주변을 둘러보았다.

'뭐야?'

윗층, 지하 1층 감옥은 어둡고 습기차고…… 전형적인 지하 감옥이었다. 갇힌 대장장이들이 징징거리는 이유가 있었다.

그에 비해 여기는 밝고 따뜻했다. 복도 천장에는 다 마법으로 만든 등이 달려 있었고 복도 양옆에 있는 방은 감옥 같지가 않았다.

창살도 없고, 그냥 일반 방이나 다름없었다.

게다가 보초도 보이지 않았다. 위에는 해적 보초들이 이리저리 돌아다녔는데……

"거기 누구 있나?"

방문이 열리고, 안에서 살찐 중년 남자가 하품을 하며 나왔다.

손에는 와인이 담긴 잔을 들고 있었고, 화려한 귀족 복장까지 입고 있는 상황!

태현은 순간 그가 다른 곳으로 공간이동한 게 아닌가 고민했다.

지하 1층과 너무 다른 2층의 분위기 때문에.

"내가 잘못 들었나?"

문을 열었는데 아무도 안 보이자 남자는 고개를 갸웃거리더니 다시 안으로 들어가려고 했다.

태현은 잽싸게 문이 닫히기 전에 같이 안으로 들어갔다.

문이 닫히자 방 안에는 태현과 남자만 남게 되었다.

"그러면 뭘 마실까…… 이런, 술이 다 떨어졌잖아? 또 달라고 해야 하나?"

스르륵—

태현은 은신을 해제했다. 그리고 바로 남자의 입을 틀어막

왔다.

"읍! 읍읍?!"

"쉿. 조용히 해."

"……?!"

"내 말 제대로 이해했으면 눈을 한 번 깜박여. 만약 큰 소리를 낸다면 어떻게 될지는 알아서 생각하고."

깜박-

[힘으로 설득에 성공했습니다. 스킬 '협박'을 얻습니다.]

[지위가 높은 사람을 협박하는 데 성공했습니다. 지혜가 1 오릅니다.]

[경험치가 상승합니다.]

[화신의 힘으로 협박 시도 시 보너스를 받습니다.]

[영웅 직업 '왕국 협박꾼' 퀘스트가 발동됩니다. 이미 전설 직업을 얻은 상태이기에 발동이 취소됩니다.]

"……?"

태현은 고개를 갸웃거렸다.

왕국 협박꾼이라니. 이미 전설 직업을 얻어서 바꾸는 건 불가능했지만, 이런 게 뜬다는 거 자체가 지금 태현의 상태를 의미했다.

화술에 설득에 사기에 협박에……:

조건을 만족시켰기에 뜨는 것이었다.

그러나 태현은 아랑곳하지 않았다.

'뭐 이런 거 갖고 뜨고 그러냐. 조건이 쉬운가 보네.'

얼굴에 간 철판 두께로는 어느 누구에게도 지지 않을 자신
이 있었다.

애초에 이런 걸로 양심에 찔렸을 거라면 판타지 온라인 1에
서 그런 깽판을 치고 다니지 않았을 것이다.

태현한테 이를 갈던 사람들을 일렬로 세운다면 전국을 한
바퀴 돌 수 있을 수준!

-희귀 직업 '뒷골목 협박꾼', 당신도 얻을 수 있다!

판타지 온라인 매니아의 베스트 순위에 있는 글 중 하나였다.

작성자는 뒷골목 협박꾼 직업을 얻은 걸로 유명한 플레이
어 필립.

개인 방송은 이런 보기 힘든 직업 하나만 얻어도 사람들이
몰리곤 했다.

워낙 직업이 다양하고 많으니 찾는 재미가 쏠쏠했던 것이다.

그렇지만 직업을 얻는 노하우를 공개하는 사람은 매우 드물었다.

직업을 얻는 조건이 바뀌는 경우도 종종 있었지만, 자기가 고생해서 얻어냈는데 그걸 공짜로 알려주는 사람은 많지 않았다.

그러나 필립은 과감하게 결정을 내렸다.

뒷골목 협박꾼의 노하우를 공개하기로!

뒷골목 협박꾼으로 전직한 것 때문에 사람들이 모이기는 했지만 그런 관심은 오래 가지 않았다.

자리를 잡으려면 쐐기를 박아야 했다.

그래서 오늘도 필립은 친절하게 질문을 받아주고 있었다.

-방송에서 말해주신 대로 했거든요? 그런데 아직도 전직 퀘스트가 안 떠요…….

-협박 10명 하셨는데도 안 뜨면, 상대가 좀 레벨이 낮아서 그런 거일 가능성이 높습니다. 그냥 10명 채우면 되는 게 아니라, 10명 정도 하면 될 가능성이 높은 거예요. 상대가 중요해요. 레벨 높은 상대를 협박해야 조건이 빠르게 채워집니다.

-와. 진짜 어렵네요. 어떻게 전직하신 거예요?

-하하. 고생을 많이 하기는 했지요. 하지만 다른 랭커 분들도 보면, 원래 좋은 직업을 얻으려면 고생을 좀 많이 해야 합니다. 대장장이분들 보시면 좋은 대장장이 직업 얻으려고 몇 날 며칠을 계속 망치질만 하잖

아요? 저도 그런 것처럼 계속 말하고 설득하고 협박하고 그런 거죠.

겸손하게 말했지만 필립의 얼굴에는 자부심이 가득했다.

대장장이가 대장장이 스킬을 열심히 올리고, 화가가 그림 스킬을 열심히 올리는 것처럼, 그도 열심히 화술 스킬을 올렸다.

다른 제작 직업이나 예술 직업보다 마이너 하지만, 그래도 화술로만 따지면…….

'나도 나름 손가락에 꼽히지 않을까?'

그는 상상치도 못하고 있었다. 아예 다른 직업을 키우고 있는 사람이 그보다 한 단계 더 높은 상위 직업 퀘스트를 손쉽게 받아갔다는 것을.

남자가 눈을 깜박이는 걸 확인한 태현은 손을 놓았다. 남자는 벌벌 떨면서 물었다.

"나, 나한테 왜 이러는 건가? 나는 분명 하라는 대로 했네! 편지도 썼고 밖으로 나가지도 않았고…… 헉, 술 때문인가? 알겠네. 술은 더 안 줘도 되니까……."

"난 해적이 아니야."

"……?"

"밖에서 온 사람이라고."

"······!"

남자는 화들짝 놀랐다.

"왕국에서 온 사람인가?!"

"왕국에서 오긴 했는데······."

"나를 구하러?"

"정확히 그런 건 아닌데 뭐 비슷하다고 볼 수 있을지도 모르겠네."

태현은 은근슬쩍 말을 돌렸다. 일단 상대의 정체를 파악하는 게 우선이었다.

"무슨 소리지 그게?"

"네가 누구인지나 말해봐. 여기는 왜 있는 거야?"

"내가 누구냐니. 나는 마르셀 백작이다. 나를 모른단 말이야?"

"아, 알지. 근데 얼굴은 몰라서."

"하긴, 귀족이 아니라면 내 얼굴을 모를 수도 있겠지."

마르셀 백작은 알아서 납득을 한 것 같았다.

"나는 이 무례한 해적 놈들한테 납치당했다. 잠깐. 이걸 내가 설명해 줘야 하나? 여기 왔으면 알고 있을 텐데?"

"사실 확인하는 거지. 계속 말해봐."

"내가 비록 납치당했지만 고귀한 몸. 저 위의 하찮은 것들과 같은 곳에 있을 수는 없잖은가? 그래서 이런 곳을 배정받은 거지."

"······."

대화한 지 1분도 되지 않았는데 벌써 한 대 치고 싶어졌다. 태현은 그런 마음을 참으며 고개를 끄덕였다.

이제야 여기가 뭐하는 곳인지 알 수 있었다.

'귀한 놈들 가둬놓는 감옥이었군.'

몸값이 좀 나가는 사람들은 해적들도 함부로 대할 수 없었다. 그들은 거금을 만들어주는 보물이나 다름없었다.

그래서 이렇게 지하 2층에 좋은 시설을 만들어두고 대접을 하는 게 분명했다.

어차피 빠져나가려면 지하 1층을 거쳐야 할 거고, 이런 귀족들이 혼자서 탈출 시도를 할 만큼 능력이 있지는 않았으니까.

"자. 나를 구출하러 왔으면 나를 데리고 가게. 빨리. 여기서 마시는 술도 지겨워지던 참이었어. 이 무식한 놈들의 술은 맛이 없거든."

<마르셀 백작의 탈출>

카테란드 해적단에 잡혀 있는 마르셀 백작은 당신을 구출자로 오해하고 있다.

오해하고 있지만 이것은 분명 기회. 그의 구출을 도와 밖으로 안내한다면 보상을 받을 수 있을지도 모른다.

그를 데리고 섬을 탈출해 왕국으로 돌아가라.

보상: ??

CHAPTER 3

"싫어. 인마."

탁-

태현은 마르셀 백작이 내민 손을 매몰차게 쳐냈다. 마르셀
백작은 상상치도 못했다는 듯이 당황한 표정을 지었다.

"어, 어째서?"

"어째서는 뭘 어째서야. 네가 재수 없어서지."

"이, 이놈! 어느 누구 앞이라고 건방진 소리냐!"

"뭐 어쩌게?"

태현이 이렇게 나오는 데에는 이유가 있었다.

먼저 마르셀 백작의 성격이 별로 좋아 보이지 않았다. 퀘스
트를 깰 때에는 퀘스트의 보상이나 내용도 중요하지만 그걸 말

기는 NPC도 중요했다.

마르셀 백작처럼 오만하고 재수 없는 인간은 위험했다.

퀘스트를 하는 도중에도 방해가 될 가능성이 높았고, 퀘스트를 깨더라도 보상이 좋지 않을 가능성이 높았다.

그리고 가장 큰 이유는…….

'성격 더럽고 이상한 놈들은 이미 충분해!'

맥크레니부터 시작해서 태현을 쫓아다니는 아키서스의 추종자들까지.

이 인간들이 주는 퀘스트만 해도 깨느라 정신이 없었다.

아키서스의 화신 직업 퀘스트는 과연 전설 직업다운 난이도를 갖고 있었다.

태현은 눈치가 없지 않았다. 이미 첫 번째 권능 퀘스트에서 감을 잡은 상태였다.

'첫 번째 권능을 얻는 데도 이 정도 난이도면, 앞으로도 결코 만만하지 않을 거다.'

가시밭길이 뻔히 보이는데 굳이 마르셀 백작 같은 놈을 거기에 추가하고 싶지는 않았다.

"이, 이, 이, 이놈. 내가 지금 당장 병사들을 불러서……."

"네가 지금 어디 있는지 착각하고 있는 것 같은데."

"아차!"

마르셀은 그제야 현재 상황을 깨달은 것 같았다.

지금 그가 있는 곳은 그의 성이 아니었다. 그의 주변에 호위 병사들이 있는 것도 아니었다.

그는 해적들의 감옥에 있었고, 주변에 있는 건 해적들이 전부!

태현이 주먹을 들어 올리자 마르셀 백작은 히익 소리를 내며 몸을 웅크렸다.

"때, 때리지 마라!"

[아키서스의 화신으로 인한 보너스를 받습니다. 위협의 성공 확률이 올라갑니다.]

[귀족의 높은 위치로 페널티를 받습니다.]

[마르셀 백작을 위협하는 데 성공합니다. 스킬 '위협'을 얻습니다.]

"……"

태현은 진지하게 직업의 방향을 바꿔볼까 고민이 들었다. 점점 이런 쪽 스킬만 생기고 있었으니…….

"안 때릴 테니까 조용히 다물고 있어. 술이나 마시고."

"술은 다 마셨……."

"그러면 그냥 가만히 있어."

"아, 알겠다. 조용히 하고 있으면 되지 않느냐."

마르셀 백작은 풀이 죽어서 입을 다물고 구석에 그대로 찌그러졌다.

'얻은 게 아주 없지는 않은데……'

태현은 아까 있던 곳으로 다시 돌아왔다. 그가 들어가도록 도와준 두 대장장이는 아직도 해적들의 장비를 만져주고 있었다.

"아직도 하고 있어?"

"네?"

김지산과 박성찬은 쉬지도 못하고 망치를 두드리다가 뒤에서 태현이 말을 걸자 고개를 돌렸다.

"언제 오셨……?"

"그건 별로 안 중요하고. 근데 왜 아직도 하고 있나?"

"왜 아직도 하고 있냐니!"

둘은 억울함을 가득 담아서 외쳤다. 지금 둘이 쉬지도 못하고 이러고 있는 건 태현 때문이었다.

그가 시선을 돌리라고 해서 말을 걸었다가 괜히 이 고생을 하고 있는 것 아닌가.

"당신 때문이잖습니까!"

"아니, 나 때문인 건 아는데, 왜 아직도 붙잡고 있냐고. 난 끝내고 갔을 줄 알았지."

"끝내기는 뭘 끝냅니까. 대장장이가 아니라서 모르시나 본

데 여기 해적들 장비 숫자를 보세요."

김지산은 손가락으로 바닥에 굴러다니는 장비들을 가리켰다.

한눈에 봐도 많아 보이는 장비들.

게다가 카테란드 해적단의 해적들은 대부분 레벨이 높았다. 당연히 장비도 레벨이 높았다.

여기 있는 대장장이들이 만지려면 시간이 걸릴 수밖에 없었다.

"이걸 다 끝내야 하는데 뭘 어떻게 끝냅니까? 실수라도 한 번 하면 해적들이 우리를 죽이려고 하는데!"

"알았어. 도와주면 되잖아."

"……?"

"……?"

김지산과 박성찬은 처음에 태현이 농담을 하는 줄 알았다.

도적 직업이 어떻게 도와준단 말인가. 장비를 훔쳐서?

그런데 태현은 아랑곳하지 않고 장비를 잡으려 들었다.

"으아아! 그거 건드리면 안 됩니다!"

"그냥 우리가 다 할게요!"

둘은 필사적으로 태현을 막으려고 했다. 그냥 내버려 뒀다가는 망하는 건 그 둘뿐이니까.

"쯔쯔. 이렇게 믿음이 부족해서야."

"아니, 대장장이도 아닌 사람이 뭘 도와주려고요!"

"대장장이 스킬은 있다."

"대장장이 스킬 있어 봤자 별로 키우지도 않았을 텐데!"

"아. 진짜 말 많네. 비켜봐."

태현은 힘으로 둘을 밀어내고 칼을 잡았다.

카테란드 해적단의 한손검:

내구력 120/120, 공격력 70

레벨 제한 75. 힘 제한 55. 민첩 제한 55.

악명 높은 카테란드 해적단의 해적들이 즐겨 사용하는 평범한 한손검이다. 무기 자체는 특별한 게 없지만 카테란드 해적단 때문에 이 무기를 알아볼 사람이 있을지도 모른다.

[카테란드 해적단의 한손검을 수리합니다.]

[신의 예지 스킬로 보너스를 받습니다.]

[중급 대장장이 스킬로 보너스를 받습니다.]

[중급 수리 스킬로 보너스를 받습니다.]

[높은 행운 스탯으로 보너스를 받습니다.]

다른 대장장이들은 한두 개 뜨기도 힘든 보너스 창들이 우르르 뜨는 태현이었다.

태현은 무심한 듯 시크하게 고대의 망치를 꺼내려다가…… 멈췄다.

'잠깐. 이거 지금 꺼내면 눈치를 채려나?'

고대의 망치는 너무 눈에 띄는 화려한 아이템이었다.

장착만 하면 오러가 줄줄 나오는 아이템!

이 둘이 아무리 눈치가 없어도 그걸 본다면 눈치를 챌지도 몰랐다.

태현은 옆에서 굴러다니는 낡은 기본 망치를 들었다. 대장장이들도 레벨을 조금만 올리면 안 쓰는 망치였다.

탕, 탕, 탕-

곧이어 울리는 경쾌한 소리!

태현의 동작은 한 치의 흔들림도 없이 익숙했다. 그걸 본 두 대장장이들은 엄청나게 놀랐다.

처음 망치를 잡고 대장장이 일을 하는 초보자들은 대체로 비슷했다.

망치를 어디에 휘둘러야 하는지도 모르고, 망치를 휘둘러도 자세가 어설프고, 망치가 칼날을 때리면 질끈 눈을 감았다.

한 몇천 번 휘둘러 보면 초보자들인지 아닌지 감이 오는 게 대장장이 기술!

그런데 태현의 자세와 동작은 한마디로⋯⋯ 완벽했다.

1초도 쉬지 않고 계속해서 망치를 두드리는 게 무슨 평생 망치질만 한 장인 같았다.

'대체 망치질을 얼마나 한 거야?'

'도적 아니었어?'

둘은 입을 헤 벌리고 쳐다보았다.

그들은 알지 못했다.

태현이 판타지 온라인 1에서부터 대장장이로는 거의 전설이나 마찬가지인 사람이었다는 것을!

만약 태현이 누군지 알았다면 그들은 당장 태현의 발목을 붙잡고 사인해 달라고 했을 것이다.

그들이 정신을 팔고 있던 사이에 태현은 작업을 끝냈다.

'앞으로 사람들 있을 때는 다른 망치를 써야 하나……'

정작 위험을 감수하고 고대의 망치를 강화했는데 쓰려면 다른 사람들의 눈치를 봐야 한다는 게 아쉬웠다.

그렇지만 어쩔 수 없었다.

다 태현이 한 짓 때문이었으니까.

'에이…… 뭐, 안 들키면 되니까.'

결코 자기가 한 짓을 후회하지는 않는 당당함. 태현이 갖고 있는 장점 중 하나였다.

"옛다."

"이거 제대로 한 거 맞습니까? 제대로 안 한 거면 우리가 다시 해야 하는데……"

"야. 그냥 우리가 다시 하자."

태현의 자세에 홀려 있던 두 대장장이들은 아이템을 받자 정신을 차렸다.

김지산은 친구의 옆구리를 찌르며 그냥 다시 하자고 말했다.

어차피 태현은 고렙 플레이어 같아 보였다. 그들이 하지 말라고 하거나 할 수가 없었다.

괜히 이상해진 무기를 해적들한테 줬다가 욕을 먹는 것보다는 그들이 귀찮더라도 다시 일을 하는 게 나았다.

"알겠어. 확인 좀 해봐. 난 아이템 좀 갖고 올 테니…… 왜 그래?"

"말, 말, 말도 안…….."

"……?"

아이템을 확인하던 친구가 갑자기 말을 멈추고 더듬거리자 박성찬은 당황했다.

'갑자기 왜 이래?'

"완벽해……!"

"뭐가? 우리가 지금 완벽하게 시간을 낭비하고 있다는 건가?"

"아니, 그게 아니라! 이 무기가!"

"완벽하게 망가졌다고?"

"아니, 이 자식아! 완벽하게 고쳐졌다고!"

"……?!"

둘이 떠들거나 말거나 태현은 무시하고 무기를 붙잡았다.

태현이 언제나 말하는 것 중 하나는, 노가다에는 때와 장소가 없다는 것이었다.

지금 매우 중요한 퀘스트를 깨고 있는가?

그렇다고 해도 남는 시간 1분이 있다면 그때를 비우지 말고 노력을 해라!

게임계의 자기계발서를 내도 될 정도로 철저한 관리력이었다.

지금 해적들을 상대로 전설 직업 퀘스트의 비전 스킬을 얻으려고 하고 있었지만, 태현은 눈앞에 있는 보상을 두고 그냥 떠나지 않았다.

수리, 수리, 수리!

"저…… 혹시, 대장장이셨습니까?"

자동으로 공손해진 목소리.

두 플레이어는 조심스러운 태도로 태현에게 다가갔다.

어느새 손은 공손하게 모아져서 배 앞에 붙여진 상태!

제작이나 예술 직업이 다들 그랬지만, 대장장이는 자기보다 레벨 높은 다른 대장장이 플레이어한테 도움을 특히 많이 받을 수 있었다.

온갖 제작 스킬부터 시작해서 제조법까지.

당연히 공손해질 수밖에 없었다.

"대장장이냐고? 비슷하긴 한데."

"……?"

태현의 대답에 둘은 고개를 갸웃거렸다.

"비슷하다고? 그게 무슨 소리지?"

"어…… 대장장이는 대장장이인데 뭔가 다른 거 들어간 거 아니냐? 희귀 직업에 있는 마탑 대장장이라던가……"

"그런 거구나! 그러면 더 좋은 거네!"

둘은 그들에게 편리한 방향으로 생각을 해버렸다.

사실 그 누구도 알 수 없을 것이다. 여기서 복면을 쓰고 있는 태현이 전설 직업을 세계에서 두 번째로 얻은 사람이라는 것을.

[높은 행운으로 완벽하게 수리를 해냅니다. 현재 스킬보다 높은 난이도를 해결했기 때문에 보너스를 받습니다.]

[수리 스킬이 상승합니다.]

태현은 둘을 쳐다보지도 않고 남은 무기들을 빠르게 해치워 나갔다.

실로 무시무시한 집중력!

말을 걸려고 머뭇거리던 둘은 어느새 해치워져 나가는 무기들을 보고 입이 떡 벌어졌다.

"끝."

태현은 빠르게 마지막 무기를 내려놓고 일어섰다.

그리고 쿨하게 돌아섰다. 스킬을 올릴 수 있을 만큼 올렸으니 이제는 떠날 때!

탁-

"……?"

"저, 저희의 사부가 되어주십쇼!"

"저리 가, 이것들아! 왜 징그럽게 달라붙고 그래!"

"제발! 귀찮게 안 하겠습니다!"

"조금만 가르쳐 주십시오!"

"이미 충분히 귀찮게 하고 있거든? 루포! 뭐하냐! 이것들 떼 어내!"

멀리서 하품을 하고 있던 루포는 태현이 부르자 달려오더니 고개를 갸웃거렸다.

"뭐하고 계시는 겁니까?"

두 대장장이가 각각 태현의 다리 하나씩을 붙잡고 늘어지 는 건 흔하게 볼 수 없는 장면이었다.

"뭐하는 걸로 보이냐? 당장 안 치워?"

"어…… 이유는 모르겠는데 간절해 보이는데…….'"

"너 누구 밑에서 일하냐? 돌아가서 맥크레니한테 하나하나 다 일러바쳐 줘?"

세상에서 제일 치사한 협박은 바로 일러바친다는 협박!

그냥 여기서 갈구면 갈궜지 맥크레니한테 일러바친다는 건 뭐란 말인가.

루포는 투덜거리면서 불평했다.

"알겠습니다. 하면 되잖아요."

대장장이가 힘이 높은 직업이기는 했지만 루포의 힘을 이길 수는 없었다. 루포는 둘을 손쉽게 떼어냈다.

"그런데 이 둘은 뭘 잘못 먹어서 이러는 겁니까?"

"몰라. 약간 머리가 이상한 놈들 같아."

두 대장장이는 태현의 말에 기가 막혀서 가슴을 쳤다. 루포는 그 모습을 보자 솔깃했다. 정말 약간 이상한 사람들 같았던 것이다.

"진짠가?"

"아닙니다! 기술 좀 가르쳐 달라고 한 건데!"

"뭔 기술? 이 사람이 기술이 있어?"

루포는 이해가 가지 않아 되물었다. 그에게 태현은 아키서스의 화신인 걸 제외하면 쓸데없이 잡기술만 조금씩 익힌 사람이었다.

그런데 이런 대장장이들이 가르쳐 달라고 빌다니.

"지금 너 나 욕했냐?"

"하…… 하하. 제가 그럴 리가 있겠습니까."

태현의 말에 루포는 바로 꼬리를 내렸다. 이미 태현한테 많은 약점을 잡힌 루포였다.

태현이 돌아가서 맥크레니한테 제대로 일러바친다면 아무리 일을 잘해도 단단히 혼이 날 게 분명한 상황.

더럽고 치사해도 태현에게 잘 보일 수밖에 없었다.

"내가 이래 보여도 칼하고 갑옷 만지는 재주가 조금 있다."

"예? 진짜요?"

루포는 전혀 믿지 못하겠다는 듯이 되물었다.

"보여줘? 갑옷 벗어봐."

"……!"

루포는 뒤로 한 걸음 물러섰다. 상단주 맥크레니의 호위인 만큼, 그의 아이템은 결코 싸구려 아이템이 아니었다.

상단에서도 결코 쉽게 구할 수 없는 고급!

그런데 그걸 태현한테 맡기라니.

"괜…… 괜찮습니다."

"너 나 못 믿냐? 줘보라니까."

태현은 루포가 머뭇거리자 갑자기 욕심이 생겼다.

딱 봐도 해적들보다는 레벨이 높아 보이는데 벗겨서 만지면 스킬 좀 두둑하게 오르겠지?

태현의 눈빛에서 욕심을 읽은 루포는 겁에 질렸다.

그는 더 잽싸게 뒷걸음질 치기 시작했다.

"아니, 내가 너 잡아먹냐? 그냥 장비만 잠깐 손봐주고 돌려

준다니까. 너 나 못 믿어?"

"믿, 믿죠. 믿습니다."

그러나 점점 벌어지는 거리!

"그렇지만 태현 님은 저희 상단의 귀중한 손님이신데 제가 이런 걸로 귀찮게 만들 수는……."

"안 귀찮아. 이 자식아. 내놔 봐."

"그…… 그럴 시간에 다른 걸 하는 건 어떻습니까? 제가 검술을 가르쳐 드리겠습니다."

루포 정도 되는 NPC한테 직접 검술을 받을 수 있는 기회!

분명 루포가 형편없는 검술을 갖고 있지는 않을 것이다. 전투 스킬이 별로 없는 태현에게 있어서는 매우 탐나는 기회였다.

그렇지만 태현은 원칙이 있는 사람이었다.

상대가 약할 때는 더 몰아쳐라!

"좋네."

"휴……."

"그렇다면 네가 검술을 가르쳐 준다는데 내가 가만히 있을 수는 없지. 꼭 네 갑옷하고 칼도 손봐줘야겠는걸? 그래야 공평하지."

"……!"

루포는 하늘이 무너진 표정을 지었다.

쿠당탕-

루포는 뒷걸음질 치다가 결국 넘어졌다. 그가 멈춘 사이 태현은 웃으면서 다가섰다.

"가만히 있어. 어허! 움직이지 말고!"

"안, 안 돼……!"

두 대장장이는 둘의 대화를 어이가 없다는 듯이 쳐다보았다. 지금 저게 뭐하는 짓?

루포는 눈을 질끈 감았다. 정말 이렇게 그의 아끼는 장비를 망가뜨릴 수밖에 없는 것인가?

그러나 아직 세상에 정의는 살아 있었다.

"이봐."

"……!"

"데넬손 님이 너희를 찾으신다."

이 카테란드 해적단의 총 우두머리인 데넬손이 그들을 부른 것이다.

소식을 전달한 해적은 씩 웃었다. 딱 봐도 기분 좋은 웃음은 아니었다.

당연했다. 이곳은 해적들의 섬. 거기서 해적들의 우두머리가 불렀다는 건 긴장할 수밖에 없는 일이었다.

'후후. 이놈들. 어디 겁 좀 먹어봐라.'

해적은 기대에 가득 찬 눈빛으로 루포와 태현을 쳐다보았다. 그가 가장 좋아하는 일 중 하나는 이 섬에 온 바깥 놈들을 겁주는 일이었다.

해적들이 워낙 악명이 높다 보니 조금 말만 해도 다들 잔뜩 겁을 먹었다.

'크크. 그 백작이라는 놈도 웃겼는데.'

마르셀 백작이라는 놈을 놀려먹었을 때가 떠올랐다. 백작이라는 놈이 체면도 없이 겁을 주니 벌벌 떨었던 것이다.

"데넬손이 우리를 찾는다고?"

"그래."

"……정말 잘됐군!"

"……?!"

루포는 벌떡 일어서더니 옷매무새를 가다듬었다.

"흠흠. 이렇게 부르니 어쩔 수 없군요. 갈 수밖에."

"쯧."

태현이 아쉽다는 듯이 혀를 찼다. 태현은 루포의 어깨에 손을 올렸다.

"그래도 검술은 가르쳐 주는 거 잊지 마라."

"아니, 저도 바쁜 사람인데……."

"네 장비 만져줄까?"

"……두 배로 열심히 가르쳐 드리겠습니다!"

루포는 태현의 협박에 굴복했다.

사실 협박도 아니었다. 태현의 실력을 알았다면 루포는 절대 이런 반응을 보여주지 않았을 것이다.

[해적의 협박에 넘어가지 않았습니다. 화술 스킬이 상승합니다.]
[카테란드 해적단의 우호도가 상승합니다.]
[명성이 오릅니다.]

"……?"
태현은 갑자기 뜨는 창에 고개를 갸웃거렸다.
"뭐야?"
"왜 그러십니까?"
"아니…… 뭐지?"
왜 갑자기 해적이 협박을 했다는 소리가 나온단 말인가. 이해가 가지 않았다.
태현이 그러거나 말거나 해적은 둘의 모습에 감탄하고 있었다.
'생각보다 간덩어리가 큰 놈들이었군. 하긴, 그러니까 이런 거래를 제안했겠지.'
단단히 착각한 해적은 공손한 태도로 둘을 안내했다.
"어…… 잠깐, 저희도 데리고……!"
두 대장장이는 순간 멍했다가 다시 태현을 부르려고 했지만, 이미 그들은 멀어진 지 오래였다.
"어떡하지?"

"뭘 어떡해! 나중에 다시 부탁하자고!"

김지산과 박성찬은 결심한 표정으로 고개를 끄덕였다.

이런 기회는 쉽게 만날 수 있는 게 아니었다.

고레벨의 대장장이들은 대부분 길드에 들어가 있거나, 아니면 이름이 알려진 랭커였다.

그런 사람들은 제자를 쉽게 받아주지 않았다.

그러나 태현은 알려지지 않은 대장장이 고수. 계속 빌고 빈다면 가능성이 생길지도 몰랐다.

"우리가 길드에 들어가지 않는 한 한계가 있을 수밖에 없어! 고수 밑에서 배워야 해!"

"맞는 말이야. 꼭 배우자고!"

둘은 굳은 다짐으로 손을 붙잡았다.

오싹!

태현은 뭔가 한기가 들어 몸을 움찔했다.

"왜 그러십니까? 긴장이라도 했습니까?"

루포는 별일이라고 생각했다. 태현이 긴장을 하다니.

물론 지금 만나러 가는 사람이 어마어마하게 악명이 높은, 카테란드 해적단의 우두머리기는 했다.

그렇지만 태현이 긴장할 것 같지는 않았다. 신 앞에서도 태연하게 농담을 할 수 있을 것 같은 사람이 바로 태현이었다.

"아니, 갑자기 한기가 들어서."

"별일도 다 있군요."

둘이 떠드는 사이 어느새 목적지에 도착해 있었다. 해적은 입 앞에 손가락을 세웠다.

"여기서부터는 조용히 하셔야 합니다."

"왜? 너희 대장이 큰 소리 들으면 오줌이라도 싸냐?"

"태현 님!"

루포는 태현의 옆구리를 찔렀다. 지금 해적들 사이에서 무슨 소리를 하는 거란 말인가.

"왜 그래?"

"지금 어디에 있는지 모르시는 겁니까?"

"걱정 마. 설마 이놈이 그걸 말하겠어?"

"……?"

"일러바치려면 '저놈이 대장님께 큰 소리를 들으면 오줌을 싸냐고 했습니다'라고 말해야 하는데 잘도 말하겠다."

괜히 잘못 전했다가는 같이 피를 볼 수 있는 상황!

루포는 혀를 내둘렀다. 어떻게 다른 사람을 괴롭히는 것에 대해서는 이렇게 뛰어난 재능을 가졌단 말인가?

해적은 이를 갈더니 참고서 말했다.

"데넬손 님께서는 조용한 걸 좋아한다."

"시끄럽게 하면?"

"처벌을 받겠지!"

"그래?"

태현은 발걸음을 멈췄다. 루포와 해적이 태현을 쳐다보았다.

'왜 멈춘 거야?'

"그러면 내 질문에 대답해라."

"……?"

해적은 미친 사람을 쳐다보듯이 태현을 쳐다보았다. 지금
뭐가 있다고 태현이 그한테 명령을 한단 말인가?

"나한테 명령한 거냐?"

"그래."

"싫다면?"

"아주 시끄러운 소리를 낼 거다."

"뭔 소리를 하는 거냐?"

"나나 루포는 밖에서 온 손님이니까 네 대장이 심하게 대하
지는 못하겠지. 그래도 너는 확실하게 벌을 받을걸."

"……!!"

[화술로 설득에 보너스를 받습니다.]

해적은 새파랗게 질렸다. 데넬손은 결코 인자한 성격이 아니었다.

태현이나 루포는 외부에서 왔고 아직 거래할 게 많으니 넘어가더라도 그는 본보기로 처형될 수도 있었다.

"그, 그러지 마라."

"뭐? 그러지 마라? 말이 짧다?"

"그, 그러지 말아주십시오."

[협박에 성공했습니다.]

[뛰어난 솜씨로 협박에 성공했습니다. 화술 스킬에 추가 보너스를 받습니다.]

[칭호: 해적 협박자를 얻었습니다.]

[서버에서 처음 얻은 칭호입니다. 각 스탯이 5씩 증가합니다.]

칭호: 해적 협박자

해적 협박자: 세상에는 질서를 지키는 사람이 있고, 질서를 지키지 않는 사람이 있습니다.

그리고 질서를 지키지 않는 사람을 협박하는 사람이 있습니다.

협박할 사람이 없어서 해적들을 협박하는 당신! 해적들에게는 공포의 대상이 되었습니다.

해적들을 상대할 때 공격력 +5%, 방어력 +2%, 화술 성공 +10%.

스탯 중가치는 다른 칭호에 비해 적은 편이었지만, 그래도 처음 얻었다는 것에 의미가 있었다.

태현처럼 열심히 해적을 협박한 사람이 없다는 것 아닌가. 게다가…….

'해적들과 싸울 일이 곧 있을 것 같은데.'

아키서스의 권능을 찾으려면 감옥의 통로를 찾아서 더 지하로 내려가야 했다.

들키지 않고 끝나면 좋겠지만 만약 들키는 순간 해적들과 싸워야 할지도 몰랐다.

해적들 상대할 때 쓸 만한 칭호라면 뭐든지 좋았다.

"데넬손이 나를 왜 부르는 거지?"

"대장님께서는 그, 여러분들이 하고 있는 일에 매우 만족하고 계십니다."

"그래?"

태현은 놀랐다는 듯이 되물었다. 사실 태현이 모를 수밖에 없었다. 태현이 감옥에서 돌아다니고 있는 동안 다른 플레이어들은 열심히 일하고 있었으니까.

'이봐! 빨리 해적기를 만들지 못해!'

'이 굼벵이처럼 느린 자식! 생선도 제대로 못 낚나!'

'뛰어! 뛰라고! 나보다 더 늦게 달렸다가는 물고기 밥으로 만들어주마!'

태현이 순조롭게 퀘스트를 깨는 동안, 다른 플레이어들은 눈물의 노가다를 하고 있었다.

물론 그들이 손해를 본 건 아니었다. 해적들의 일거리는 난이도가 높았고 덕분에 깰 때마다 경험치와 스킬이 빠르게 올랐으니까.

그러나…….

"두고 보자. 내가 돌아가면 맥크레니 상단에서는 물건 안 산다!"

"대체 그 복면 쓴 자식 누구야? 아는 사람 없어?"

"방송에서 본 적도 없는데……."

"누군지만 알아봐라! 내가 그냥……!"

"알면 어쩔 건데?"

"어…… 방송하면 가서 악플 달기?"

플레이어들은 속았다고 생각하며 계속 투덜거리고 있었다.

"잘됐네. 그렇게 일을 열심히 하다니. 내가 사람들을 제대로 봤군."

뻔뻔하기로는 거의 신의 수준!

태현이 사람들을 어떻게 모았는지 알고 있는 루포는 어이가 없어서 헛기침을 했다.

"그래서. 그거 때문에 불렀다고?"

"아마도 그럴 겁니다. 그리고 앞으로의 일도……."

태현은 고개를 끄덕였다. 그리고 루포에게 작게 말했다.

"데넬슨이 욕심 좀 나나 보다."

"저기, 태현 님. 아무리 그래도 더 지원하는 건 좀 위험한 거 아시죠?"

맥크레니 상단은 왕국에서 나름 잘나가는 상단이었다.

해적에게 몰래 이런 지원을 해줬다는 게 알려지기라도 한다면 위험해질 수 있었다.

태현은 자기 상단이 아니라지만 루포나 맥크레니에게는 아니었다.

"알아. 걱정 마."

"……."

태현의 태도를 보니 더 불안해지는 루포였다.

그가 그러거나 말거나, 태현은 생각에 잠겼다.

'더 내려가야 하는데…… 빈틈 만들기가 힘드네.'

지하 2층에서 그냥 나온 데에는 이유가 있었다.

마르셀 백작을 조용하게 만든 다음, 태현은 다시 나와서 돌아다녔다.

귀족들이 있건 말건 그가 찾는 건 지하로 내려가는 방법이었으니까.

그러나 통로 끝에 나온 건 거대한 철문이었다. 게다가 걸려 있는 자물쇠도 심상치가 않았다.

[강력한 마법이 걸린 자물쇠입니다. 평범한 방법으로는 풀 수 없습니다.]

대장장이 기술이나 기계공학으로 뭔가 해보려고 했지만 그러기도 전에 불가능하다는 말이 떴다.

'젠장, 기계공학이 좀 더 높았으면 됐을지도 모르는데.'

기계공학 스킬이 높으면 도적의 자물쇠 따기 스킬 같은 게 없어도 자물쇠를 열 수 있었다.

임시로 열쇠를 만드는 것이다.

그렇지만 이렇게 마법까지 걸려 있으면 지금 상태로는 열 수 없었다. 태현은 결국 포기하고 올라올 수밖에 없었다.

'안에 뭔가 중요한 게 있는 게 분명해.'

귀족들을 가둬놓은 감옥보다 더 철저하게 지켜지고 있는 거라면?

군이 깊게 생각하지 않아도 엄청나게 대단한 것들이 안에 있다는 걸 짐작할 수 있었다.

'그리고 아키서스의 권능도…….'

해적단의 보물도 탐이 나기는 했지만, 지금 가장 필요한 건 아키서스의 권능이었다.

캐릭터를 어떻게 키워야 하는가?

태현은 길드에 들어가지도 않았고, 몇 달 늦게 시작한 상태였다. 이미 차이가 어느 정도 있는 상황.

거기서 따라잡으려면 보통 방법으로는 안 됐다.

전설 직업으로 전직한 이상 최대한 빨리 전설 직업의 전용 스킬들을 찾고 스킬 레벨을 올려서 스킬 마스터를 찍는다.

동시에 전설 직업 퀘스트를 진행해 보상을 얻는다.

이 두 가지를 동시에 해야 했다.

전설 직업이라고 하면 엄청나게 좋은 느낌이지만, 아키서스의 화신은 생각보다 만만치 않았다.

레벨 업에 엄청난 페널티가 붙고, 그나마 스탯을 성장시키기는 좋았지만 그것도 랜덤인 데다가, 다른 전설 직업들에 비해 전투 스킬이나 마법도 갖고 있지 않았다.

'전설 직업 맞아?'

생각해 보니 갑자기 또 억울해지는 마음!

이름은 전설 직업인데 다른 전설 직업보다 안 좋은 것만큼 억울한 것도 없었다.

"흠흠. 들어가시죠."

해적이 손짓하며 공손하게 둘을 안내했다. 태현과 루포는
어깨를 으쓱거리고는 안으로 들어갔다.

"후……."

들어가자마자 들린 건 한숨 소리였다. 정말 힘이 들어서 내
쉰 한숨 소리가 아니라, 폼을 잡을 때 내는 한숨 소리에 가까
웠다.

"왔나?"

"……."

태현은 떨떠름한 표정으로 데넬손을 쳐다보았다. 이 자식
은 왜 이렇게 폼을 잡지?

잘생긴 것만으로도 충분히 재수가 없는데 저렇게 폼까지 잡
으니 더 재수가 없었다.

원래 해적단의 우두머리였으니 나쁜 놈임은 분명했지만, 저
런 걸 보니 더더욱 해치우고 싶어졌다.

"이야기는 들었다."

데넬손은 기지개를 켰다. 마치 모델이 체조라도 하는 것처

럼 우아한 동작이었다.

　루포는 그걸 보고 긴장한 모습으로 고개를 끄덕였다.

　"왜 긴장한 표정이야?"

　"대단한 기세잖습니까?"

　"뭐? 저게?"

　태현이 보기에는 아무리 봐도 자기한테 취해서 뻘짓을 하는 것으로 보였다.

　루포는 한심하다는 듯이 태현을 쳐다보았다.

　"태현 님은 아직 수련이 부족하셔서 못 알아보시는 겁니다. 높은 경지에 이르면 아시게 될 텐데, 저렇게 빈틈이 많아 보여도 저게 다 완성된 경……."

　삐끗-

　데넬손이 비틀거리더니 자세를 바로 잡았다. 태현이 그걸 보고 물었다.

　"지금 넘어질 뻔한 거 아냐?"

　"……"

　데넬손은 아무 일도 없었다는 듯이 자세를 바로잡았다. 태현은 넘어질 뻔한 거 아니냐고 캐묻고 싶었지만 참았다.

　여기는 일단 해적단의 요새였으니까!

　"일을 아주 잘하더군. 부하들한테 들어보니 대장간 일부터 시작해서 해적 깃발까지 못 하는 일이 없다던데."

"제가 고생을 좀 많이 했죠. 물론 힘들었지만 약속은 약속 아니겠습니까?"

루포는 태현을 기가 막히다는 듯이 쳐다보았지만 태현은 아랑곳하지 않았다. 이미 얼굴에 철판 몇 개는 깐 지 오래였다.

'뭘 했다고?'

일은 끌려온 사람들이 다 했지 태현은 구경만 한 것 아닌가.

"처음에 말을 했을 때는 이게 진짜인가, 아닌가 했는데…… 믿기를 잘했어. 그렇지 않나?"

"후회하지 않으실 겁니다."

"그래. 상단 놈들은 입만 살아서 번드르르한 놈들이라고 생각했는데 의외로 책임감이 있군."

데넬손은 흡족한 얼굴로 고개를 끄덕였다.

루포는 속으로 한숨을 내쉬었다.

상단 사람들이 입만 살았다고 하지만 태현에 비교하겠는가.

"어떻게 일을 하는지 보고 결정하려고 했는데 이렇게 해준다면 괜찮겠지. 출입을 허락해 줄 테니 계속 일을 해달라고."

[카테란드 해적단의 대장 데넬손이 상단의 통행을 허락합니다.]
[퀘스트를 완료했습니다. 카테란드 해적단 내부에서 평판이 오릅니다.]

[명성이 100 오릅니다.]

[악명이 200 오릅니다.]

[공적치를 사용해 카테란드 해적단의 아이템을 가져갈 수 있습니다. 공적치를 많이 쓸 경우 해적들이 불쾌해할 수 있습니다.]

명성이 오르는 것과 동시에 악명이 같이 올랐다. 해적들을 위한 일을 해서 그런 것 같았다.

'뭐, 이 정도는 상관없지.'

악명은 엄청나게 높아질 때나 문제가 있었지, 저 정도 악명은 아직 크게 상관이 없었다. 게다가 명성이 악명보다 더 높았으니까.

악명이 명성보다 훨씬 더 높을 경우 다양한 일이 일어났다.

도시의 출입을 거부당한다거나, 현상금이 걸려서 누군가 찾아온다거나……

그렇지만 무조건 나쁜 것도 아니었다. 악명이 높아서 좋은 것도 있었다.

악 성향 NPC들은 악명이 높은 플레이어를 좋아했고, 또 악명이 높을 경우 그런 NPC들이 부하로 삼아달라고 찾아오는 경우도 있었다.

판타지 온라인 1에서 악당 컨셉으로 놀던 플레이어들은 아예 작정을 하고 악명을 높이기도 했다.

어차피 보이는 플레이어를 죽이고 아이템을 뺏을 거라면 차라리 그런 쪽으로 끝까지 가는 게 더 이득이었으니까.

그리고 태현은 그런 놈들을 다 털어먹고 다녔다.

이유는 간단했다.

악명이 높으면 죽을 때 아이템을 잃어버릴 확률이 높아졌다.

그리고 거기에 다른 플레이어들을 죽여서 붉은 상태가 된 것까지 겹치면?

걸어 다니는 아이템 자판기나 마찬가지였다.

태현과 랭커들의 화려한 일대일 대결 전에는 이런 PK 플레이어들의 눈물겨운 사연이 있었다.

오죽하면 PK 플레이어들의 카페까지 만들어졌겠는가.

태현 하나만을 잡기 위해 모인 악당 플레이어들!

물론 많이 모였다고 달라진 건 없었다. 태현은 얼씨구나 하고 다 털어먹었으니까.

"출입을 허락해 주셔서 감사합니다. 데넬손 님."

"앞으로 지켜보지. 칭찬한다고 해서 게을러지지는 않겠지?"

"물론입니다."

태현은 루포와 같이 나가려고 했다. 대화는 끝났으니까.

그러나 데넬손이 태현을 멈춰 세웠다.

"잠깐."

"……?"

"네 요리 솜씨가 괜찮다던데."

'어떻게 알았지?'

태현은 살짝 놀랐다. 태현의 요리 스킬이 낮은 편은 아니었다. 중급 요리 스킬은 아무나 갖고 있지 않았다.

게다가 행운과 아키서스의 화신 보정까지 받는다면 어지간한 요리사보다는 훨씬 뛰어난 결과를 만들 수 있었다.

"그 소리는 어디서 들으셨습니까?"

"상단 직원 놈이 그러던데?"

루포는 황당한 표정을 지었다. 아니, 어떤 놈이 입을 놀렸단 말인가?

태현이 요리를 잘한다는 게 뭐 엄청나게 중요한 비밀은 아니었지만 그래도 데넬손한테 말해줄 필요는 없었다.

'어떤 놈이야?'

태현이 대신 물어보았다. 태현도 궁금했다. 어떤 놈이 그렇게 입이 싼지.

"제가 요리를 잘한다고 누가 말했습니까?"

"내가 하찮은 놈들 얼굴까지 기억해야 하나? 섬에 데려온 요리사들이 다 별로여서 화를 좀 냈더니 누가 말했는데. 기억이 잘 안 나는군."

그제야 둘은 무슨 일이 벌어졌는지 알 수 있었다.

섬에 온 플레이어들은 대부분 열심히 일하고 있었다. 그렇지만 모두가 만족스러운 결과를 얻은 건 아니었다.

무기를 맡은 대장장이들은 차라리 나았다. 제일 재수가 없는 건 데넬손의 식사를 맡게 된 요리사들이었다.

해적들의 식사를 맡게 된 요리사들은 대량으로 요리를 만들고, 평소에는 다룰 수 없는 식재료를 다뤄서 경험치를 받았다.

게다가 해적들은 어지간하면 다 맛있다고 말했기에 완수도 쉬웠던 것이다.

그에 비해 데넬손은 보통 까다로운 게 아니었다. 도시의 미식가들보다 더 까다로웠다.

"이건 뭘 넣고 끓였지?"

"월, 월계수 잎과 파슬리를……."

"어디서 그런 하찮은 쓰레기를!"

와장창!

데넬손은 마음에 들지 않으면 다짜고짜 접시를 집어 던졌다. 요리사들은 히익 하고 입을 다물 수밖에 없었다.

"이딴 식으로 요리를 할 거냐! 나를 얕보는 거냐!"

"아, 아닙니다!"

"다시 해와!"

요리사 플레이어들도 오기가 있었다. 그들도 나름 게임에서 요리에 목숨을 건 사람들인 것이다.

데닐손이 저렇게 나오자 오기로라도 다시 해왔다.

"이게 뭐지?"

"닭고기와 포도주 소스……."

"이 닭고기는 너무 안 익어서 사제가 다시 부활시킬 수도 있겠다! 저리 꺼져!"

와장창!

접시가 부서지고 요리사 한 명이 또 쫓겨났다.

"넌 또 뭘 갖고 온 거냐?"

"소고기 타르타르 스테이크와 샐러드입니다."

"정말 대단하군."

이제까지와 다른 반응!

다른 요리사들은 놀라서 데닐손을 쳐다보았다. 요리를 갖고 온 요리사는 우쭐해져서 코밑을 슬쩍 닦았다.

내가 이 정도다!

'부럽다!'

'나도 저 요리를 해갈걸……'

까다로운 NPC를 요리 하나로 만족시키는 것. 요리사 플레이어들이 가장 쾌감을 느끼는 순간이었다.

"이 소고기는 너무 덜 익혀서 지금도 샐러드를 씹어먹고 있을 정도니까 말이야!"

"……?!"

"전부 꺼져라, 이 쓰레기들아!"

와장창!

결국 한 명도 데넬손을 통과하지 못하고 쫓겨나야 했다.

옆에 있던 상단 직원은 계속 구박을 받자 태현이 요리사를 찾아가서 배울 정도라는 걸 떠올리고 말한 것이다.

"나는 미식을 즐기지. 그냥 맛있는 거로는 충분하지 않아. 품격이 있어야 하지."

'거, 해적 놈이 더럽게 까다롭네.'

태현은 심드렁한 마음으로 데넬손의 말을 들었다.

솔직히 미식이고 뭐고 잘 와닿지 않았다. 그는 동네 순대국밥집만 다녀도 잘 먹고 잘사는 사람이었다.

그런데 해적이라는 놈이 저렇게 폼을 잡으니 어이가 없을 뿐!

"네가 내 혀를 만족시킬 수 있겠나?"

<데넬손의 혀를 만족시켜라>

카테란드 해적단의 총대장 데넬손은 까다로운 성격과 취향으로 악명이 높다.

그의 입맛을 만족시키는 요리를 만드는 건 결코 쉬운 일이 아닐 것이다.

그러나 성공한다면, 데넬손은 그만큼의 보상을 해줄 게 분명하다.

요리사라면 포기할 수 없는 기회. 불가능에 도전해라!

보상: 해적대장의 전속 요리사, ???, ????, ????

'이게 뭔 개떡 같은 퀘스트야?'

보상이 화려하기는 했다. ???가 몇 개나 있으니 아마 데넬손이 따로 보상을 주는 것 같았다.

문제는 해적대장의 전속 요리사였다. 저걸 받는 순간 데넬손 밑에서 요리사로 일해야 했다.

당연히 전설 직업 퀘스트 깨기도 바쁜 태현에게는 발목 잡는 상황.

'아니, 잠깐만⋯⋯.'

태현의 머릿속에서 무언가 번뜩이고 지나갔다. 이 상황을 잘 이용할 수 있을 것 같았다.

'설마⋯⋯ 이 인간 또 이상한 짓 하는 거 아니야?'

옆에 있던 루포는 갑자기 불안해졌다. 이미 태현이 예상에 없는 짓을 몇 번이나 한 상황.

가만히 두면 뭘 할지 도저히 예측할 수 없는 게 태현이었다.

"거절하실 거죠?"

"하겠습니다!"

"……?!"

루포는 화들짝 놀라 태현을 쳐다보았다. 이 양반이 진짜?

"아니, 무슨 생각으로 하겠다는 겁니까! 저기 데리고 온 요리사들 다 쫓겨났잖아요!"

"요리는 요리 실력만으로 하는 게 아니야."

"예?"

"뛰어난 요리사는 가슴으로 요리를 하는 법이지."

데넬손이 그 말을 듣고 감탄사를 내뱉었다.

"대단하군. 저 밖의 풋내기들과는 마음가짐부터가 달라."

"하하. 칭찬 감사합니다."

둘이 화기애애하게 대화를 했지만, 루포는 속아 넘어가지 않았다.

그도 사람 보는 눈이 있었다. 그가 보기에, 태현은 절대로 저런 생각을 할 사람이 아니었다.

가슴으로 요리를 하기는 무슨!

식칼로 손님의 가슴을 찌르면 모를까, 태현은 저런 장인 요리사와는 거리가 멀었다.

'대체 뭘 꾸미고 있는 거지?'

"그러면 요리를 시작해도 되겠습니까?"

"좋다. 재료는 안에 들어가면 있으니 솜씨를 발휘해 보라고."

"감사합니다."

태현은 씩 웃으면서 발걸음을 돌렸다. 루포의 눈에 그 웃음은 불길하게 느껴질 뿐이었다.

"넌 요리도 안 하는 놈이 왜 있는 거지?"

"예? 저는, 어, 그러니까……."

데넬손이 루포를 보며 묻자 루포는 당황해서 말을 더듬었다. 무슨 이유를 말해야 하지?

대신 대답해 준 건 태현이었다.

"조수 역할을 할 겁니다."

"조수? 요리사 같아 보이지는 않는데?"

"하하. 이 칼을 보십시오. 어떤 것 같습니까?"

"뛰어난 검사 같아 보이는군."

"바로 그겁니다."

"뭐가 바로 그거라는 거냐?"

"뛰어난 검사는 칼을 잘 다루잖습니까. 즉 요리에서의 칼질도 잘한다는 거죠."

데넬손과 루포는 동시에 황당하다는 표정으로 태현을 쳐다보았다. 이게 무슨 개풀 뜯어먹는 소리?

"그렇지?"

태현은 루포를 보고 물었다. 강렬한 눈빛을 보내며. 뜻은 간단했다.

'내 말에 맞춰라! 죽기 싫으면!'

루포는 바로 눈치채고 대답했다.

"어, 네. 그렇죠. 사실 제가 취미가 요리입니다."

"진짜로?"

데넬손은 믿기지가 않는다는 듯이 물었다. 아무리 봐도 루포는 요리사와는 거리가 멀었던 것이다.

"태현 님만은 못하지만 저도 나름 요리에는 일가견이 있는 사람입니다. 민, 믿어주십시오."

"……마음대로 해라. 결과만 제대로 나오면 되니까 말이다."

데넬손은 흥미를 잃어버린 듯 고개를 돌렸다. 태현은 안도의 한숨을 내쉬고 바로 조리장으로 이동했다.

루포는 데넬손이 보이지 않게 되자마자 속사포처럼 속삭였다.

"이게 뭡니까? 저는 요리 하나도 몰라요!"

"괜찮아. 옆에만 있으면 되니까. 요리는 다 내가 한다."

"예? 그러면 저는 밖에 나가 있어도 되는 거 아닙니까?"

"안 되지."

"……?"

"만약에 일이 꼬이면 네가 도와줘야 하니까."

"……!"

태현의 말을 들은 루포는 경악했다.

이 인간이 지금 무슨 일을 벌이려고 하고 있구나!

"안 됩니다!"

"나 아직 아무 말도 안 했거든?"

"뭐든 간에 안 됩니다! 여기 해적단 소굴이라고요! 게다가 저기 있는 건 그 악명 높은 해적 대장 데넬손이고 말입니다! 여기서 무슨 짓이라도 잘못 벌였다가는 죽어 나갑니다!"

"안 걸리면 되지."

"……"

루포는 순간 이런 인간과 엮인 자신이 원망스러웠다. 그가 무슨 잘못을 했다고 태현과 엮이게 되었단 말인가?

"시끄럽고. 옆에서 지켜보기나 해. 시끄럽게 떠들면 데넬손이 의심할 수도 있으니까 조용히 하고."

"제발 생각을……."

"시꺼. 저기 옆에 서서 저 재료들이나 썰어."

태현은 손가락으로 야채들을 가리켰다. 데넬손은 기가 막힌 표정으로 칼을 들었다. 그가 정말로 이런 짓을 해야 하다니.

"좋아. 그러면 둘이 먹다 하나가 죽어도 모를 수프를 만들어 보실까."

"……!!"

옆에서 듣던 루포는 깜짝 놀랐다. 뭔 놈의 요리 이름이 저렇단 말인가?

"무슨 요리입니까?!"

"뭐야. 말했잖아? 둘이 먹다 하나가 죽어도 모를 수프라고."

"설, 설마 독을 타는 건 아니겠죠?"

루포는 침을 꿀꺽 삼켰다. 데넬손 정도 되는 강자는 어지간한 독으로는 이길 수 없었다.

루포도 당장 독을 먹어도 견디고 싸울 수 있었으니 데넬손도 더 견디면 견뎠지 약하지는 않을 것이다.

그리고 데넬손은 미식가. 독이 들어가 있다면 바로 눈치를 챌 것이다. 그럴 경우에는 바로…….

'우리를 죽이러 오겠지!'

독이 오른 해적대장을 상대하는 건 상상만 해도 끔찍한 일이었다.

이긴다고 쳐도 그다음이 문제였다. 해적들이 우글거리는데 어떻게 탈출한단 말인가. 배를 타도 바로 잡힐 게 분명했다.

"독은 안 됩니다! 분명 걸릴 거예요!"

"독이라니. 사람을 뭐로 보고. 내가 방금 가슴으로 요리를 한다고 하지 않았나? 독을 요리에 탄다는 건 요리사의 수치지."

"후…… 다행이네요."

"수면제 탈 거야."

"……."

루포는 주먹을 불끈 쥐었다. 태현이 '요리사의 수치'니 뭐니 해서 순간 감동했던 게 억울하게 느껴졌다.

역시 이 인간은 직업에 대한 긍지고 뭐고 없는, 피도 눈물도 없는 인간이 분명해!

"수면제는 왜 탑니까?"

태현은 아까 그가 몰래 들어갔던 지하에 뭐가 있는지를 루포에게 말해주었다.

"들어가려면 열쇠가 필요한 거 같아. 그리고 그 열쇠를 누가 갖고 있겠냐?"

"……아마 데넬손이 갖고 있을 가능성이 높겠군요."

"그래. 한 번 찾아볼 만하지."

"그래도 너무 위험하지 않습니까? 데넬손 정도 되면 독도 잘 안 통할 텐데 수면제는……"

독에 대한 저항력이 강하면 수면제 같은 것도 안 통할 가능성이 컸다.

그러나 태현은 어깨를 으쓱거렸다.

"대놓고 독을 타거나 수면제를 타면 걸리겠지. 은근하게 하는 거야."

"예? 은근하게?"

"솔란꽃의 뿌리, 칼데나스의 잎, 다렌 가루…… 이런 것들이 어디에 쓰는지 알아?"

요리에 대해 전혀 모르는 루포가 알 리 없었다.

"그게 뭡니까?"

"먹으면 편안해지고 긴장이 풀어지는 재료들이지."

먹는 순간 바로 쓰러지는 그런 수면제가 아닌, 먹으면 긴장이 풀리고 졸음이 오는 재료들이었다.

태현은 제노마 시의 시장 전속 요리사인 크리스토퍼에게 요리를 배울 때 허투루 배우지 않았다.

필요한 건 모두 배우는 철저함!

"이건 어디에 쓰는 재료입니까?"

"이 재료에서 가장 독성이 강한 부분은 어디입니까?"

"먹었을 때 마비시키려면 어떻게 요리를 해야 하죠? 재우려면? 즉사시키려면? 마법 방어력을 낮추려면?"

태현의 질문을 들은 크리스토퍼는 질린 표정을 지었다.

'이 자식은 대체 뭘 하려고 이런 걸 묻는 거지?'

제자로 삼고 싶기는 했지만 동시에 두려워지는 태현의 성격!

"그런 건 왜 묻는 건가?"

"아니, 필요할 수도 있잖습니까."

"그런 게 어디에 필요하겠나!"

그래도 크리스토퍼는 태현의 질문에 하나하나 다 대답을 해주었다. 태현의 재능이 탐이 났던 것이다.

그가 자신의 밑으로 들어와 궁정 요리사로 들어가게 된다면!

덕분에 태현은 귀중한 정보들을 얻을 수 있었다. 다른 요리사들은 직접 몸으로 때워야 얻을 수 있는 정보들이었다.

[솔란꽃의 뿌리에 대해 완전히 이해하게 되었습니다.]

[칼데나스의 잎에 대해 정보를 얻었습니다. 이해도가 높아졌습니다. 요리 스킬이 상승합니다.]

[재료 정보를 사용해 새로운 요리법을 만들 수 있습니다.]

"먹다 보면 나른해지고 편안해질 거다. 독이나 수면제라고 의심하지는 못할걸?"

"그럴듯하기는 한데…… 그런 건 많이 먹어야 하지 않겠습니까?"

"그래서 이것도 넣으려고."

아하크 추출물:

아하크의 잎과 뿌리에서 추출한 원액이다. 요리에 쓰면 뒷맛이 깔끔해지고 좋아지지만 약간의 중독성이 있다.

"……?!"

한마디로 먹으면 먹을수록 더 먹고 싶어지는 재료!

"독이 아니니까 눈치 못 채겠지. 게다가 이 정도는 충분히 숨길 수 있어."

태현은 자신이 있었다. 데넬손이 미식가라면 그도 나름 요리사였다. 지금 요리 스킬 정도라면 이런 재료 정도는 데넬손이 눈치 못 채도록 숨길 수 있었다.

"아니, 그거 거의 준 마약 아닙니까! 어디서 구했습니까?"

"크리스토퍼가 재료 많이 갖고 있길래 조금 빌렸지."

"빌려요?"

말 안 하고 가져온 걸 빌렸다고 할 수 있는지는 의문이었지만, 태현은 아랑곳하지 않고 요리를 시작했다.

[요리, '둘이 먹다 하나가 죽어도 모를 수프'를 만들기 시작합니다.]
[독자적으로 만든 요리법입니다. 공개할 경우 보너스를 받습니다. 요리법이 많이 퍼질 경우 보너스가 증가합니다.]

요리사로서 명예 중 하나였다. 직접 만든 요리법이 왕국에서 쓰이거나 다른 플레이어들한테 쓰이면 쓰일수록 명성이 올라가는 것이다.

[신의 예지 스킬이 발동됩니다.]

[국자 젓기 스킬이 오릅니다.]

[중급 요리 스킬로 보너스를 받습니다.]

[재료가 뛰어난 솜씨로 잘라져 있습니다. 보너스를 받습니다.]

"요리에 재능이 있는데?"

"예? 저 말입니까?"

루포는 가만히 있다가 깜짝 놀랐다. 태현은 피식 웃으면서 말했다.

"요리 좀 배워보는 것도 나쁘지 않겠군."

"아이고. 됐습니다."

워낙 검술 스킬이 높다 보니 재료만 잘라도 나름 결과물이 괜찮게 나온 루포였다.

[대성공! 요리, '둘이 먹다 하나가 죽어도 모를 수프'가 완벽하게 만들어졌습니다.]

'대성공?'

보통 성공이라고 떴다. 대성공이라고 뜨는 건 일정 확률을 뚫고 더 높은 단계의 결과물이 나왔다는 것.

태현은 높은 행운 수치 덕분에 남들보다는 훨씬 더 유리했지만, 그렇다고 아무 때나 나오는 것도 아니었다.

제작이나 예술 스킬은 그렇게 만만하지 않았으니까.

[요리 스킬이 상승합니다.]

[스킬, '초급 독 제작'을 얻었습니다.]

[어둠의 독 요리사로 전직할 수 있습니다. 아키서스의 화신으로 이미 전직했기에 직업 퀘스트가 취소됩니다.]

'…….'

요리 스킬이 상승하는 건 당연했지만, 초급 독 제작 스킬에 어둠의 독 요리사라니.

다른 사람들은 노리고 해도 얻지 못하는 희귀 직업들이 태현에게는 쏟아져 나오고 있었다.

태현은 혀를 쯧쯧거리며 고개를 저었다. 아키서스의 화신만 아니었다면 나름 막장스러워 보이고 재밌어 보이는 직업들을 고를 수 있었을 텐데…….

둘이 먹다 하나가 죽어도 모를 수프:

뛰어난 젊은 요리사가 야심 차게 만들어낸 수프 요리다. 많이 먹으면 긴장이 풀어지고 졸음이 올 수 있다. 불면증에 시달리는 사람에게 추천.

복용 시 체력 1 상승. 지혜 1 상승. 일시적으로 체력, 지혜 상승.
(추가 옵션) 일정 확률로 금단 증상이 일어날 수 있음.

[둘이 먹다 하나도 죽어도 모를 수프를 먹었습니다. 체력과 지혜가 오릅니다.]

요리사의 또 다른 특권 중 하나. 다 만들어진 요리는 처음 먹을 때 효과가 있었다. 스탯이 영구적으로 상승하는 것도 그 중 하나였다.

태현이 수프를 마시자 루포는 기겁했다.

"예?! 그거 먹어도 되는 겁니까?!"

"뭐 어때. 많이 먹으면 졸음이 오는 거지 적게 먹으면 괜찮아."

재료를 조화롭게 넣고 끓인 수프는 아주 뛰어난 감칠맛이 났다. 가벼운 듯하면서도 어딘가 깊은 구석을 갖고 있는 맛!

현실에서는 맛보기 힘든 맛이었다.

'이게 가상현실게임의 재미지.'

현실에서는 경험하기 힘든 경험을 하는 것. 태현은 이래서 게임을 좋아했다.

"갖고 가자고."

태현은 재빨리 수프를 국자로 떠 그릇에 담았다. 해적들에게 어울리지 않는 화려한 그릇이었다.

그렇지만 수프 하나만 있으니 조금 초라해 보였다.

"더 갖고 가야 하는 거 아닙니까?"

"뭐? 됐어. 어차피 쓸데없는 거 더 추가해 봤자 괜히 문제만 생길 거라고."

태현은 자신만만하게 외쳤지만 루포는 불안할 뿐이었다.

"이게 다라고?"

"한번 드셔보시죠. 절대 후회하지 않으실 겁니다."

"으음……."

데넬손은 불만스럽다는 듯이 말끝을 흐렸다.

수프가 확실히 먹음직스럽기는 했다. 연하고 맑은 황금색. 그렇지만 다른 것 하나도 없이 수프라니.

데넬손은 숟가락으로 수프를 떴다. 그리고 입에 가져갔다.

"오오!"

[데넬손이 매우 만족합니다. 요리 스킬이 상승합니다.]

[명성이 오릅니다.]

[요리, '둘이 먹다 하나가 죽어도 모를 수프'가 해적들 사이에서 퍼져 나갑니다.]

"……?"

태현은 잠깐 멈칫했다. 뭔가 이상한 게 방금 나왔던 것 같았는데?

'해적들 사이에서 퍼져 나간다고? 괜찮겠지?'

"이 수프는 절대 평범한 수프가 아니군! 이 복잡한 감칠맛이라니!"

"감사합니다."

"그리고 숨겨진 뒷맛까지!"

태현은 몸을 움찔했다. 다행히 데넬손은 그 뒷맛이 어떤 뒷맛인지 눈치채지 못한 모양이었다.

데넬손은 순식간에 그릇을 비웠다.

"조금 더 가져올까요?"

"아니, 됐다. 요리는 원래 배부르게 먹는 게 아니지."

'해적 놈 주제에 뭔……'

태현은 속으로 그렇게 생각했지만 루포는 당황해서 속삭였다.

"어떡합니까? 많이 먹어야 하는 거 아닙니까?"

"걱정하지 말라니깐."

CHAPTER 4

　태현은 당황하지 않았다. 데넬손의 표정에서 무슨 생각을 하는지 눈치챘기 때문이었다.

　"그러면 나가봐라."

　"아, 예."

　태현은 망설이지 않고 루포와 같이 천천히 걸어 나갔다. 데넬손이 보이지 않게 되자 루포가 당황해서 다시 물었다.

　"정말 걱정 안 해도 되는 겁니까?"

　"야, 생각을 좀 해봐라."

　"……?"

　"명색이 해적이라는 놈이 욕심이 없겠나?"

　돈에 대한 욕심이든, 보물에 대한 욕심이든, 권력에 대한 욕심이든. 해적이라면 당연히 욕심이 많아야 했다.

데넬손이 아무리 폼을 잡는다고 해도 그건 달라지지 않았다.

"그, 그건……."

"왜 나가라고 했겠냐? 우리 보는 앞에서 먹으면 쪽팔리니까 그랬겠지."

"……!"

"여기서 기다리자고. 잠깐, 이 소리 들려?"

밖으로 나가지 않고 통로에서 멈춰선 태현은 손짓했다. 루포는 그 말을 듣고 귀를 기울였다.

"달그락거리는 소리가 나는데요?"

"수프를 퍼마시고 있는 모양이다. 자식. 그냥 대놓고 먹지. 폼은 더럽게 잡네."

"……."

루포는 고개를 저었다. 데넬손은 그래도 악명 높은 해적대 장이었는데, 저런 놈이었다니. 환상이 깨지는 느낌이었다.

계속 기다리자 소리가 사라지고 조용해졌다. 루포가 침을 꼴깍 삼키고서는 물었다.

"잠든 걸까요."

"글쎄. 네가 가서 보고 올래?"

"예, 예?"

"농담이야. 네가 도적이면 모를까 은신 스킬도 없겠지. 내가 보고 온다. 여기 있다가 무슨 일 생기면 달려와."

"알, 알겠습니다."

루포는 허리춤에 매단 검집에 손을 가져갔다. 데넬손이 강하다고는 했지만 그도 약하지는 않았다.

사실, 루포 정도면 엄청나게 강한 NPC였다.

플레이어 중에서 가장 순위권에 있는 랭커들도 아직 레벨이 100 초반대였다.

그에 비해 NPC들은 그 레벨을 넘는 NPC들이 수두룩했다. 루포도 물론 그중의 하나였다.

맨날 태현에게 구박을 받기는 했지만…….

화악!

[스킬 '은신'을 사용했습니다.]

태현은 천천히 통로를 되돌아갔다. 데넬손이 만약 깨어 있다면 위험할 수도 있었다.

태현의 은신은 높은 행운 수치와 아키서스의 화신이라는 전설 직업의 패시브 스킬이 뒤에 있었다.

어지간한 도적보다는 훨씬 더 뛰어난 은신 스킬.

그렇지만 데넬손도 결코 만만한 사람은 아니었다. 이 주변의 바다를 주름잡는 해적들의 왕 아닌가.

'뭐, 그건 그때 생각하자고.'

태현은 태연하게 걸어갔다. 겁이라고는 조금도 찾아볼 수 없는 대담한 모습!

"크르릉……."

"……!"

데넬손이 코를 고는 소리였다. 태현은 속으로 데넬손을 욕했다.

'코 고는 소리도 이상한 놈이야.'

수프를 만든 솥을 확인해 보니 텅텅 비어 있었다. 데넬손이 전부 먹은 게 분명했다.

이걸 예상하고 많은 양을 만들기는 했지만 전부 먹을 줄이야.

태현은 고개를 저었다.

'자, 그러면…….'

열쇠는 어디쯤 있을까?

이곳은 데넬손이 머무르는 거처였다. 온갖 중요한 것들이 있을 것이다.

'다른 해적들이 없을 정도니까.'

원래 악당은 다른 악당을 믿지 않았다. 데넬손도 마찬가지였다. 이 주변에 부하들이 없는 걸 보면 이 안에 얼마나 중요한 게 있는지 상상이 갔다.

물론 덕분에 태현한테 이렇게 털리게 됐지만…….

'와. 이거 무슨 칼이야?'

방에 걸려 있는 칼을 본 태현은 감탄했다. 딱 봐도 명품이었다.

거친 파도 선장의 양손검:

내구력 440/440, 공격력 180

스킬 '광분의 난격' 사용 가능, 스킬 '파도 소환' 사용 가능, 스킬 '크라켄의 울부짖음' 사용 가능. 공격 시 물 속성 대미지 추가.

레벨 제한 170. 힘 제한 500. 체력 제한 300. 퀘스트를 깨기 전에는 쓸 수 없음.

전설에 나오는 '거친 파도 선장'이 썼다고 알려지는 양손검이다. 자격이 없는 자는 쓸 수 없다고 알려졌다.

'미친 아이템이군. 게다가 퀘스트 아이템이잖아?'

태현은 아쉽다는 듯이 입맛을 다셨다. 아쉽게도 이 방에 있는 건 가져갈 수 없었다. 그랬다가는 데넬손이 일어나서 바로 눈치를 챌 테니까.

게다가 저 아이템은 딱 봐도 지금 수준에서 깰 수 있는 퀘스트가 아니었다.

괜히 받아봤자 죽기만 할 뿐!

판타지 온라인에서 중요한 건 퀘스트가 어떤 퀘스트인지 판단하는 머리였다.

대부분의 플레이어들은 희귀 퀘스트라는 말만 들으면 눈이 돌아가서 당장 받고는 했다.

-받으면 어떻게든 깰 수 있겠지!
-이런 기회가 또 언제 오겠어! 일단 받아야 해!

그러나 그건 착각이었다.

지금 상황에서 깰 수 없는 퀘스트라면 받지 말아야 했다. 받아봤자 페널티만 나오니까.

태현은 그렇게 생각하며 눈을 돌렸다.

지금 중요한 건 열쇠였다.

'열쇠 같아 보이는 게…… 아. 이거 지도네.'

카테란드 섬의 비밀 지도:

카테란드 섬에 대해 자세히 기록되어 있는 해적단의 지도다.

해적단의 비밀 지도. 해적단에 원한을 갖고 있는 세력들이 엄청나게 많은 이상, 이 지도는 갖고만 가도 엄청나게 돈이 될 게 분명했다.

게다가 해적단과 원한 관계가 될 가능성이 높은 태현에게도 필요할 가능성이 높았다.

'메모, 메모를 하자!'

태현은 재빠르게 지도를 베끼기 시작했다.

[지도를 필사합니다.]

[필사 스킬이 부족합니다. 지도의 완성도가 떨어집니다.]

[신의 예지 스킬로 완성에 보너스를 받습니다.]

필사 스킬을 미리 올려두지 않은 게 후회됐지만, 지금은 그럴 시간도 없었다.

태현은 정신없이 빠르게 지도를 베꼈다. 중요한 곳만 우선적으로! 다 맞지는 않아도 된다!

[스킬 '필사'를 얻었습니다.]

빠르게 베껴진 카테란드 섬의 비밀 지도:

카테란드 섬에 대해 자세히 기록되어 있는 해적단의 지도를 빠르게 베낀 지도다. 얼마나 맞을지는 알 수 없다.

슥슥-

태현은 재빨리 그린 지도를 품속에 넣고 다시 뒤지기 시작했다.

"크르릉……."

"……!"

데넬손이 뒤척거리며 몸을 돌렸다. 그러자 그의 코트 주머니에서 무언가가 흘러내렸다.

반짝!

바로 열쇠였다.

태현은 아주 천천히 걸어갔다. 분명 열쇠가 맞았다. 저 주머니에서 저렇게 나올 만한 열쇠가 많지는 않을 테니까.

그런데 하필이면 다 나온 게 아니라 반쯤 걸린 상태였다.

'건드렸다가 깨면 어쩌지?'

아무리 태현이라도 긴장이 될 수밖에 없는 상황!

그래도 할 수밖에 없었다.

"후……."

태현은 품속에서 열쇠를 꺼냈다. 물론 진짜 열쇠는 아니었다. 밖에서 만든 가짜였다.

열쇠가 필요하다는 사실을 지하에서 알았을 때부터, 태현은 계획을 세웠다.

열쇠를 구해야 한다. 그러려면 열쇠를 갖고 있는 놈한테서 훔쳐야 한다. 그렇지만 걸리면 안 된다.

걸리는 순간 해적들이 몰려올 테니까.

그렇다면 어떻게? 훔쳐도 상대방이 모르게 훔쳐야 했다.

'가짜를 만들어서 바꿔치기해야겠군.'

나쁜 짓을 할 때면 특히 더 잘 돌아가는 머리! 태현은 1초도 안 되는 순간에 모든 계획을 세웠다.

[가짜 열쇠를 제작합니다. 열쇠에 대한 이해도가 낮습니다.]

[제작에 실패했습니다.]

[스킬이 상승합니다.]

[가짜 열쇠를 제작합니다. 열쇠에 대한 이해도가 낮습니다.]

[제작에 실패했습니다.]

[제작에 실패했습······]

[제작에 실패······]

[제작에 성공했습니다.]

해적들의 소굴에서 가짜를 만드는 대담함! 해적들은 어차피 태현이 뭘 하는지 알지 못했다.

무기를 잘 만져주는 놈이니 뭐 만지나 보다 하고 넘어갈 뿐.

태현은 가짜 열쇠를 꺼내서 비교해 보았다. 열쇠 구멍을 보고 크기를 맞췄기에 크기는 거의 비슷했다.

그렇지만 색이 달랐다. 진짜 열쇠는 은으로 만들었는지 은색이었지만 태현이 갖고 있는 열쇠는 구리색.

'색이 좀 다른 거 같은데……'

이 정도는 이미 예상한 상황. 태현은 물감을 꺼냈다. 다른 곳에서 갖고 온 물감이었다.

몰래 가짜 열쇠를 만든 태현은 대장장이들이 있던 곳으로 돌아가기 전에 화가들이 끌려간 곳으로 찾아갔다.

크기는 비슷하더라도 색이 다를 가능성이 높았다.

"이야, 그림 잘 그리네."

"……!"

거대한 해적 깃발을 그리던 화가들은 태현이 다가오자 고개를 획 돌렸다.

원한이 서린 눈동자!

햇볕이 쨍쨍하게 내리쬐는데 그들은 쉬지도 못하고 계속 해적들의 깃발을 만들고 있었던 것이다.

"당, 당신…… 너무한 거 아냐!"

"맞아! 우리는 노예가 아니다!"

"쉬게 해줘라! 쉬게 해줘라!"

순식간에 시끄러워지는 목소리들! 그러나 태현은 귀만 팔 뿐이었다.

'복면은 이럴 때 좋군.'

무슨 짓을 해도 얼굴 팔릴 일이 없다는 장점. 태현이 아랑곳하지 않자 화가들은 더 시끄러워졌다.

"뭐야? 무슨 일이야?"

결국 옆에 있던 해적들까지 찾아왔다. 태현은 바로 손가락으로 화가들을 가리켰다.

"일하기 싫다는데?"

"뭐?! 어떤 놈들이야!"

해적이 눈을 부라리고 으르렁거리자 화가들은 바로 시선을 내렸다.

'치사하게 해적을 부르다니!'

'뭐 저런 악당이 다 있어!'

태현은 어깨를 으쓱거리며 해적에게 말했다.

"내가 데리고 오기는 했지만 불만이 많으니까 관리를 좀 해야지. 원래 사람들을 놔두면 논다고."

"맞는 말이군. 앞으로 감시를 꼭 붙이지."

"……!!"

더 혹독해지는 노동 환경! 화가들은 꿍얼거리며 다시 일을 시작했다.

그러는 사이 태현들은 화가들의 물감을 챙기기 시작했다. 화가들은 해적 깃발을 그리느라 불평도 하지 못했다.

[색칠에 실패합니다.]

[색칠에 실패합……]

[색칠에 실……]

[색칠에 성공합니다.]

[스킬, '초급 미술'을 얻었습니다.]

[스킬, '초급 색칠'을 얻었습니다.]

'됐다.'

태현은 즉석에서 완성된 가짜 열쇠를 조심스럽게 들고 데넬손에게 다가갔다.

한 걸음, 두 걸음…….

탁!

"……!"

데넬손의 눈동자가 떠졌다. 태현은 기겁했다. 여기까지 와놓고 결국 걸리는 건가?

"크르릉……."

그러나 데넬손은 일어난 게 아니었다. 그저 잠꼬대일 뿐이었다.

'잠꼬대로 눈을 뜨는 놈이 어디 있어?'

태현은 속으로 투덜거리며 열쇠를 바꿔치기했다. 그리고 몰래 밖으로 나왔다.

방금 있었던 일 때문에 수명이 준 기분이었다.

루포는 초조하게 기다리고 있었다. 태현이 은신을 풀자 그는 다급하게 외쳤다.

"태현 님!"

"목소리 줄여라. 걸린다."

"일, 일은 어떻게 됐습니까?"

태현은 대답 대신 열쇠를 흔들어 보였다.

"……!"

"조용히 나가자고. 그러면 이제 나중에 들키더라도 안 했다고 잡아뗄 수 있으니까."

"그게 통할까요?"

"시간은 벌어주겠지. 안 걸리는 게 가장 좋겠지만 말이야. 일단 나가서 계획을 짜자."

둘이 밖으로 나오자 해적이 고개를 끄덕였다. 나중에 무슨 일이 생기면 증인이 되어줄 해적이었다.

가장 좋은 건 아예 걸리지 않는 것이었지만, 걸릴 경우도 대비를 해야 했다.

"이, 이게 뭡니까?"

"비밀지도. 이 요새에 뭐가 배치되어 있는지, 어떤 비밀 통로가 있는지…… 다 나와 있지."

"!!"

루포는 감탄했다. 태현이 정말 대단해 보였다. 원래 겁이 없는 사람이라는 건 알고 있었지만, 저 해적단 대장이 자고 있는 곳에 가서 이런 걸 갖고 나오다니!

"그런데 이게 문제가 있어."

"……?"

"급하게 베낀 거라 조금 틀릴 수도 있다는 거지."

"……."

감탄이 절반으로 줄었지만, 여전히 감탄스럽기는 했다.

"어쨌든 지도는 지도잖아?"

"그, 그렇기는 하죠."

"일단 계획은 크게 두 가지다. 하나는 너랑 내가 저 지하로 들어가는 거야."

"예. 알고 있습니다."

둘이 여기에 온 가장 큰 이유는 결국 아키서스의 권능이었다.

루포는 그 권능으로 아키서스의 화신인지 확실하게 확인해야 했다.

그리고 태현은 그 권능을 얻어 아키서스의 직업 퀘스트를 깨나가야 했다.

"근데 다른 하나는 뭡니까?"

루포는 고개를 갸웃거렸다. 다른 계획이 있나?

"다른 하나는 우리가 밑을 돌아다니는 동안 들키지 않게 가려줄 만한 계획이지."

"아! 당연히 필요하겠군요."

"그렇지."

"그런데 어떻게 하죠?"

"그건 네가 지금부터 생각해야지."

"……"

"농담이야. 네가 뭐라고 그런 걸 떠올릴 수 있겠냐. 내가 그런 것까지 바랄 사람으로 보여?"

루포는 떨떠름한 표정으로 고개를 끄덕였다. 분명 안 시키니까 좋긴 한데, 뭔가 묘하게 기분이 나빴다.

"일단 통행 허락을 받았잖아? 그걸 핑계로 배에 타고 돌아가는 거야."

"예? 돌아간다고요?"

"진짜로 돌아가는 게 아니라, 돌아간다고 말만 하는 거지. 일단 배에 타고서 돌아간다고 하면 해적들이 안 찾을 거 아니냐."

"그런데 의심 많은 해적들이 가만히 놔두겠습니까?"

통행을 허락했지만 해적은 해적이었다. 그들의 의심이 어디로 사라지는 건 아니었다.

당연히 태현과 루포가 한 번에 배에 타고 나가려고 한다면 의심부터 하고 볼 것이다.

ㅡ저놈들 혹시 우리 뒤통수치려는 거 아니야?

"그렇겠지. 둘 중 하나는 남으라고 하던가 하겠지."

"그러면 안 되잖습니까?"

"여기 있는 사람들을 인질로 하라고 하지 뭐."

"……!"

실로 악마 같은 발상!

밖에서 고된 노동을 하고 있는 플레이어들은 졸지에 인질 역할까지 하게 되고 있었다.

물론 그들은 상상도 하지 못하고 있었다. 보이지 않는 곳에서 태현이 그들을 인질로 걸고 있다고는.

"여기 모인 사람들이 얼마인데, 해적들도 그 정도면 믿을 거다."

속아서 몰려오기는 했지만 여기 온 인재들만 해도 꽤 되는 수준이었다.

이들을 인질로 남겨둔다면 해적들도 믿을 수밖에 없었다. 버릴 만한 수준이 아니었으니까.

그러나 태현은 아니었다.

무슨 일이 생기면 뭐든 버릴 수 있는 게 태현이었다. 욕심 때문에 일을 망치는 다른 사람과는 차원이 다른 집념!

"그, 그런…… 사람들이 거부하지 않겠습니까?"

"몰래 하면 되지 뭐."

"……."

루포는 슬슬 도망치고 싶어졌다. 이 인간이 과연 신의 화신일까?

'악마의 화신 아냐? 전승이 잘못 알려졌다거나……'

"왜 그래?"

"아, 아무것도 아닙니다."

"신경 쓰지 말라고. 잘 해결하면 되잖아? 잘 해결하면 문제없어."

"그렇긴 하죠……."

언제나 잘 해결되면 아무런 문제가 없었다. 잘 해결되지 않아서 문제가 생기는 거였지.

"어쨌든 그렇게 하면 우리 둘이 빠져나가는 데에는 문제가 없을 거야. 아, 그리고 배 보낼 때 몰래 연락 좀 해놔라."

"무슨 연락을 말하시는 겁니까?"

"왕국군한테 연락하라고. 해적 토벌 관련으로 도와주겠다고."

"……?!"

루포는 경악했다. 지금 이게 무슨 소린가?

"무슨 말씀을 하시는 겁니까?!"

"왜 그래?"

"왕, 왕국군을 부르시다니. 해적들과 싸울 생각이었습니까?"

"싸울 생각은 없는데, 문제가 되면 싸워야겠지?"

태현은 계획을 철저하게 세우는 사람이었다.

요새의 지하로 들어가서 권능을 얻으려면 얼마나 걸릴지 알수 없었다. 그리고 어떻게 얻을 수 있을지도 아직 모르는 상태였다.

해적들과 문제가 생기는 것도 염두에 둬야 했다.

해적들과 문제가 생겼을 때 가장 좋은 방법은?

해적들이 그들에게 신경을 쓰지 못하도록 다른 적을 던져두는 것이었다. 가능하면 강하고 위험한 적으로.

"왕국군한테 물어봐. 해적들을 토벌할 계획이 있냐고. 많이당했으니 잘하면 부를 수 있겠지. 못 부르면 어쩔 수 없지만, 부를 수 있다면 여러모로 편할 거야."

왕국군을 부르면 몇 가지 좋은 점이 있었다.

첫 번째로, 무슨 일이 생겼을 때 왕국군을 소환해 탈출할방법을 만들 수 있었다.

두 번째로, 지금 하고 있는 일들을 덮을 수 있었다.

사실밖에 알려지지 않아서 그렇지, 해적단 요새에 들어가서보수와 수리를 하고 물건을 받아오는 건 원래 욕을 많이 먹을짓이었다.

밖에 알려지는 순간 악명은 폭발!

그러나 알려지기 전에 왕국군에게 가서 '사실 저희가 해적들을 토벌하기 위해 놈들을 속였습니다!'라고 말한다면?

지금 하고 있는 짓은 해적을 속이기 위한 계략이 된다.

"……!"

루포는 감동한 표정이 되었다. 태현은 루포가 눈빛을 반짝이며 그를 쳐다보자 부담스럽다는 듯이 물러섰다.

'얘 왜 이래?'

[루포가 당신의 계획에 감탄합니다!]

[스킬, '전술'을 얻었습니다. 병력을 지휘할 때 추가 보너스를 받습니다. 명성과 악명 모두 전술 스킬에 영향을 줍니다.]

<카테란드 해적단 토벌>

카테란드 섬을 요새로 삼아 오랫동안 주변 바다를 지배해 온 카테란드 해적단은 아탈리 왕국의 골칫덩이였다.

현재 해적단 선장 데넬손이 오르고 나서는 아탈리 왕국 해군까지 공격하고 있는 상황.

만약 해적단 토벌에 큰 공을 세운다면 왕국에서는 당신의 이름을 기억할 것이다.

보상: 칭호 '해적의 토벌자', 아탈리 왕국 해군 함선 지휘관, 아탈리 국왕 알현 기회, ?, ??, ???

그리고 동시에 뜨는 퀘스트창!

그러나 태현은 매몰차게 퀘스트를 무시했다.

'미쳤냐?'

왕국군을 부르는 건 어디까지나 비상 계획이었다.

가장 이상적인 건 조용히 들어가서 조용히 권능을 찾은 다음 조용히 배우고 나오는 것!

왕국군을 부르는 건 어쩔 수 없는 상황을 대비해서 준비하는 것이었다.

부르는 순간 일단 섬 안에서는 난장판이 벌어질 것이고, 그러면 태현도 위험했다.

국왕을 만날 수 있는 기회나 함선 지휘관 같은 엄청난 보상도 태현의 눈에는 함정으로밖에 보이지 않았다.

'국왕 알현은 무슨……'

다른 플레이어들이 들었다면 기겁을 했을 것이다.

국왕 알현!

현재 성 하나 얻으려고 난리 치는 랭커들이 수두룩했다. 그런데 국왕을 직접 만날 기회라니.

"루포, 내 말 이해했지?"

"물론입니다, 태현 님! 이제까지 의심해서 죄송했습니다."

"……?"

"다른 건 몰라도 당신의 능력을 믿습니다! 악마의 화…… 아니, 아키서스의 화신도 분명히 증명해 주시겠죠!"

"너 방금 악마의 화신이라고 하지 않았냐?"

"그러면 움직입시다!"

루포는 잽싸게 몸을 돌려 일어섰다.

"너희 둘이 다?"

"예. 대신 믿음의 증거로 여기 있는 사람들은 다 남겨놓겠습니다."

"크흠. 우리가 너희를 못 믿는 게 아니라…… 뭐 그 정도면 되겠지."

예상대로 해적들은 둘 다 배에 탄다는 말을 듣고 얼굴을 찌푸렸다.

그러나 우글거리는 플레이어들을 다 남겨놓겠다고 하니 결국 수긍했다.

해적들도 설마 저 인원을 다 버릴 수 있는 사악한 놈이 있으리라고는 생각하지 않는 상황!

"물건 확인했고…… 좋아. 별거 없으니 가도 좋다고. 대신 빨리 돌아오는 게 좋을 거야. 여기 있는 놈들은 자네가 없으니

게으름을 부리는군."

"후후. 제가 없는 동안 따끔하게 부려먹어 주시죠."

마치 악덕 노예주와 노예상인의 대화 같은 모습이었다. 루포는 고개를 절레절레 저었다.

뿌우우우-

나팔 소리와 함께 배가 출발했다. 다른 플레이어들은 일하느라 정신이 없어서 작은 배 하나가 출발하는 것도 모르고 있었다.

최근 며칠간은 그들에게 정말 충격적인 경험이었다.

도시에서 지낼 때, 그들도 나름 열심히 했었다. NPC들이 주는 퀘스트를 받고, 열심히 해내고…….

그러나 여기에서 한 일에 비하면 그건 어린애 장난 수준!

해적들은 정말 쉴 새 없이 일을 몰아줬다. 어떻게 저렇게까지 각 직업마다 필요한 일들을 갖고 오는지 신기할 정도로.

'내가 직업 퀘스트 하면서 노가다를 얼마나 한 줄 알아? 나 정도 하는 사람 없다!'라고 하던 플레이어도 조금 하더니 뻗어 버렸다.

처음에는 태현을 욕하던 사람도 있었지만 이제는 그럴 기운도 없었다.

보이는 건 해적들이 주는 퀘스트 완성창과 스킬, 경험치 창뿐!

"히, 히히……."

"나…… 일한다……. 스킬…… 경험치…… 오른다……."

사람들은 뭐에 홀린 것처럼 일에 몰두하고 있었다.

"갔나?"

"갔네요."

"그럼 우리도 가자. 아. 그전에."

"……?"

"검술 스킬 내놔. 검법 가르쳐 준다고 했잖아."

"아 다르고 어 다른데 꼭 그렇게 말해야 합니까?"

루포는 투덜거리면서도 자세를 잡았다. 약속은 약속이었으니까.

"제가 배운 검법은 가타콰 검법입니다."

"가타…… 뭐? 아니, 이름이 뭐가 중요하겠어. 어쨌든 너 정도 되는 실력자가 알고 있는 검법이니 좋은 거겠지?"

"예. 아무나 배울 수 있는 검법은 아니죠."

루포는 자부심이 가득한 표정으로 말했다. 태현은 속으로 생각했다.

'그런데 그걸 내가 협박했다고 가르쳐 줘도 되나?'

물론 입 밖으로 내지는 않았다. 아쉬운 건 태현이었으니까.

"문제는 이걸 제가 가르쳐 드리더라도 태현 님이 잘 쓸 수 있을지입니다. 워낙 어려운 검술이라서요."

"으음……."

태현은 고개를 끄덕였다. 루포의 말을 이해한 것이다.

판타지 온라인 2에서는 검술 관련된 스킬이 엄청나게 많았다.

하나, 하나로 되어 있는 단일 스킬도 있었고 여러 스킬이 연계적으로 되어 있는 검법 같은 스킬도 있었지만, 공통점은 있었다.

실력이 되어야 배울 수 있다는 것.

태현의 검술 스킬은 아직 초급이었다. 물론 제작 직업으로 초급 검술 스킬 후반까지 찍었다는 것 자체가 대단한 것이었지만, 그래도 달라지는 건 아니었다.

"한 번 해보겠습니다. 따라해 보시죠!"

"좋아!"

[검술 스킬이 부족해서 가타콰 검법을 완전히 배우지 못합니다.]

[가르치는 사람의 실력이 뛰어납니다. 스킬 습득에 보너스를 받습니다.]

역시 예상대로 완전히 배우지는 못했다. 태현은 스킬 창을 확인했다.

<가타콰 검법: 아탈리 왕국의 역사 깊은 검법 중 하나다. 검 하나로 공격과 방어를 일체시키는 검법은 예술적으로도 아름답다고 알려져 있다.>

[현재 이해도가 부족합니다.]

[뛰어난 스승에게 배웠습니다. 보너스를 받습니다.]

-방어의 원

-공격의 원

-……??

-……??

-……??

아직 열리지 않은 스킬들이 몇 개 보였다.

'이건 직접 몸으로 뛰어야 되겠군.'

"어느 정도 이해가 되십니까?"

"대충? 방어의 원, 공격의 원 정도만."

태현의 대답을 들은 루포는 감탄한 표정을 지었다.

"생각보다 배우는 속도가 빠르시군요. 바로 두 개의 스킬을 이해하시다니. 둘 다 가타콰 검법의 기본이 되는 스킬입니다. 방어의 원은 자기 중심으로 원을 그려서 주변의 공간을 지배하는 스킬입니다."

루포는 가볍게 검을 꺼내 원을 그었다. 그러자 그것만으로도 선이 생기고 강력한 기운이 뿜어져 나왔다.

안으로 들어가는 순간 바로 공격당할 것 같은 강렬함!

"적이 많은 난전에서 특히 유용하죠. 어떤 적이 뒤에서 오든 바로 대응할 수 있습니다."

루포는 검을 한 번 더 휘두르더니 바위를 가리켰다.

"다음은 공격의 원입니다. 공격의 원은 상대 하나를 중심으로 잡고 원을 그리는 스킬입니다. 그 원을 중심으로 공격하는 거죠."

루포는 가리킨 바위를 중심으로 천천히 돌기 시작했다. 그러다가 갑자기……

번쩍!

카카카캉!

바위 주변에 생겨난 원이 조여들더니 바위를 그대로 박살내버렸다. 태현은 손뼉을 치며 감탄했다.

"이야, 대단한데?"

"그렇습니까?"

루포는 쑥스럽다는 듯이 머리를 긁적였다.

"어. 네가 뛰어난 검사라는 걸 잊고 있었네."

"……대체 절 뭐로 보고 계셨던 겁니까?"

루포는 투덜거렸지만 태현은 아랑곳하지 않고 두 스킬을 사용했다.

방어의 원.

공격의 원.

둘 다 어느 정도로 사용할 수 있었다. 루포처럼 깔끔하지는 않았지만.

"그런데 이거 범위 공격 가능한 건 없어?"

"가타콰 검법을 끝까지 익히시면 알게 될 겁니다."

"오, 진짜?"

"예, 가타콰 검법은 심오하고 끝이 없는……."

"알았어, 알았어."

"……."

태현은 시무룩해진 루포를 데리고 움직이기 시작했다. 시간은 금이었다.

목표는 해적단 요새의 지하!

"어, 그런데……."

"왜?"

"어떻게 들어가죠?"

"어떻게 들어가냐니. 은신을 써야지."

"예. 그렇긴 한데, 제가……."

"아."

루포는 은신을 쓸 줄 몰랐다. 태현은 혀를 찼다. 이런 곳에서 발목을 잡힐 줄이야.

'이런 무능한 놈.'

루포가 들었다면 억울해서 가슴을 칠 소리였다.

"어떻게 하죠?"

"으음……."

루포를 두고 가는 것도 방법이었지만, 저 밑에 뭐가 있을지도 모르는데 그러고 싶지는 않았다.

루포 같은 고렙 NPC는 전투가 벌어지면 정말 든든한 존재!

"어쩔 수 없군."

땅, 땅, 땅-

두 대장장이 플레이어, 김지산과 박성찬은 오늘도 망치를 두드리고 있었다.

주변에는 같이 끌려온 대장장이 플레이어들이 보였다. 지금 진행하고 있는 퀘스트는 대장장이들이 다 같이 모여서 하는 퀘스트였다.

박성찬이 김지산에게 조용히 물었다.

"야. 그 사람 어디 갔는지 알아냈어?"

"아직. 그냥 다른 사람들한테 물어보면 안 되냐?"

"안 된다니까, 이 자식아! 좋은 건 혼자 가져야지!"

박성찬은 단호하게 대답했다.

지금 여기 대장장이들이 그들만 있는 게 아니었다. 이들이 만약 태현의 능력에 대해 알게 된다면?

누가 먼저라고 할 것도 없이 다들 몰려들어서 친해지려고 애쓸 게 분명했다.

그만큼 대장장이들에게 앞서가고 있는 고렙 대장장이들은 대단한 존재였다.

"지금 분위기 보면 안 그래도 될 것 같은데……"

박성찬은 중얼거렸다. 실제로 여기 모인 사람들 사이에서 태현은 '그 개자식'이나 '복면 사기꾼'으로 불리고 있었다.

"알면 달라진다니깐. 다들 자기가 아쉬우면 다 굽신거리게 되어 있어!"

"그런가?"

다들 쉬는 시간만 되면 구시렁거리며 태현을 욕하고 있었다.

"어이, 거기."

"……?"

둘은 고개를 돌렸다. 배에 같이 타고 있던 상단의 직원이었다.

태현과 루포는 둘만 온 게 아니었다. 그들의 일을 도와주는 배의 선원들과 상단의 직원들도 같이 데리고 왔었다.

물론 여기 속아서 온 플레이어들에게는 원망의 대상!

"무슨 일이십니까?"

그래도 상단의 직원은 직원. 플레이어 입장에서는 함부로 대할 수는 없었다. 아쉬운 건 그들이었으니까.

"따라와라. 할 일이 생겼다."

"할 일이요?"

둘은 하던 일을 멈추고 일어섰다. 할 일이라니.

"또 다른 퀘스트인가?"

"노가다는 지겨운데……."

"야, 그래도 여기서 하는 것보다는 나을 거야."

"……그러네!"

해적들이 시키는 일보다는 상단이 시키는 일이 나을 게 분명했다.

"빨리 가자!"

다른 플레이어들은 각자 자기 일을 하느라 정신이 없었다. 둘은 재빨리 직원을 따라 움직였다.

"헉!"

김지산과 박성찬은 깜짝 놀랐다. 상단의 직원이 몰래 안내한 곳에 생각지도 못한 사람들이 있었던 것이다.

중갑옷이 아닌, 코트를 걸친 가벼운 겉모습에, 복면을 한 얼굴.

바로 태현이었다. 옆에는 상단의 뛰어난 검사로 알려진 루포가 있었다.

둘은 어안이 벙벙해져 서로를 쳐다보았다.

"설마……"

"우리의 정성에 감동해서?"

"가르쳐 주려고?!"

그러나 태현은 냉정했다.

"아니. 그건 아니고."

"……"

둘은 시무룩해져서 태현을 쳐다보았다.

"그럼 뭡니까?"

"해줘야 할 일이 있어서. 저번에 해적들에게 말 걸었던 거 기억하지?"

주의를 끌기 위해 해적들에게 말을 걸었었다. 물론 덕분에 하지 않아도 될 일까지 더 많이 받게 됐지만.

"예."

"그거 한 번 더 해달라고."

"……?"

둘은 얼굴을 찡그렸다. 노골적으로 하기 싫은 표정이었다.

"왜? 저번에 좋았잖아?"

"예? 좋기는 뭐가 좋아요?!"

"일만 더럽게 했는데!"

"해적 놈들이 얼마나 일을 시켰는데!"

둘은 울컥해서 떠들었다. 평소에 즐겁게 하던 대장장이 일과는 전혀 달랐다.

해적들의 구박을 들으며 시간에 쫓기는 일!

그러나 태현은 이해가 가지 않는다는 듯이 고개를 갸웃거렸다.

"그게 좋은 거 아닌가?"

"……??"

"공짜로 장비를 만질 수 있는 기회잖아. 그것도 만만한 장비도 아니고."

둘은 태현이 진심으로 저렇게 말하고 있다는 걸 깨달았다.

'저, 저게…… 고렙 대장장이구나!'

'과연 다르다!'

아예 사고방식이 다른 수준!

태현과 그들은 생각부터가 차이가 났다.

태현이 게임을 키면서 '아, 이제 좀 쉬어야지'라고 말한다면, 그들은 게임을 끄면서 '아, 이제 좀 쉬어야지'라고 말하는 사람들이었다.

저렇게 진심으로 말하는 태현을 보니 새삼스럽게 감탄이 나왔다.

"아, 아니, 그래도…… 힘들고…… 일도 많고……."

"그래야 스킬이 오르잖아?"

"다른 사람들도 막 힘들어하고……."

"뭐야. 이런 경험을 공짜로 시켜주는데도 싫어한단 말야? 이해가 안 되는군."

옆에서 듣던 루포가 작게 속삭였다.

"보통 일을 그렇게 많이 시키면 싫어합니다."

"배가 불렀네. 어쨌든 하기 싫다는 건가?"

"네?"

태현의 질문에 두 대장장이는 서로 쳐다보았다. 둘의 머리가 빠르게 회전했다.

"아니, 하기 싫다는 게 아니라……."

"시켜주시면 하겠습니다. 다만!"

"다만?"

"저희가 열심히 하면 그쪽…… 잠깐. 그런데 이름이 뭐였죠?"

아직까지 태현은 이름을 밝히지 않고 있었다. 그래서 다른 플레이어들이 별명을 붙여서 욕하고 있었던 것이었다.

"김……."

"김?"

"김태산."

별생각 안 했기에 갑자기 나온 건 익숙한 이름이었다.

태현의 아버지 이름!

그렇지만 말하고 보니 의외로 마음에 들었다. 무엇보다 사고를 쳐도…….

'아버지한테 돌아가잖아?'

물론 김태산이라는 이름을 갖고 다니는 플레이어가 한둘이 아닐 테니 아버지가 뒤집어쓰지는 않을 것이다.

그래도 혹시 모를 가능성이 있으니까!

진작에 김태산이라는 이름으로 돌아다닐 걸 하는 생각이 들었다.

"김태산 씨였군요. 어쨌든 저희가 열심히 하면 대장장이 기술을 좀 가르쳐 주십시오!"

"아니…… 음……."

태현은 머뭇거렸다. 이들은 태현이 대장장이라고 착각하고 있었다.

그러나 태현은 대장장이가 아니었다. 당연히 대장장이만이 갖고 있는 특수한 스킬이나 비법 같은 걸 가르쳐 줄 수 없었다.

있는 건 대장장이라면 어지간해서 다 갖고 있는 기본 스킬뿐!

'레벨 보면 강화도 있을 텐데.'

태현이 망설이는 걸 고민하는 걸로 착각했는지, 둘이 넙죽 엎드렸다.

"정말 열심히 하겠습니다!"

"저희도 게임 내에서 뭔가 남겨보고 싶습니다! 어떤 노가다를 시켜도 불평하지 않고 열심히 하겠습니다!"

"내가 알고 있는 거 가르쳐 주면 되는 거냐?"

"예!"

둘은 기쁜 표정으로 고개를 끄덕였다. 태현은 다시 물었다.

"진짜로 내가 알고 있는 것만 가르쳐 주면 되는 거지?"

"예!!"

"그래. 알겠다."

"……!!"

둘은 서로 얼싸안았다. 그만큼 기뻤던 것이다. 그걸 본 루포는 작게 속삭였다.

"가르쳐 줄 스킬 있는 거 맞습니까?"

"있긴 있는데. 아마 쟤들도 알 거 같은데."

"……"

루포는 고개를 저었다.

둘은 태현이 시키는 대로 했다.

이미 해적들 사이에서 밖에서 온 대장장이들은 유명했다.

시키면 시키는 대로 뭐든지 해주는 편리한 친구들!

"뭐? 대접해 주고 싶다고?"

"예! 저희 같은 미숙한 대장장이들을 믿고 무기를 맡겨주셨잖습니까. 덕분에 저희도 많이 배울 수 있었습니다."

"허! 이놈들 보게!"

해적들의 말에 두 대장장이는 긴장했다. 설마 들킨 걸까?

"기본이 되어 있어! 기본이!"

"하, 하하, 하하하……."

"좋아! 가자고!"

해적들은 기분 좋게 대장장이들의 어깨에 손을 올리고 움직였다.

그걸 본 태현이 고개를 끄덕였다.

"가자."

미리 상단의 직원들을 시켜 술과 음식을 준비시켜 놓은 상태였다. 해적들은 거기서 아주 즐거운 시간을 보낼 것이다.

타탓-

루포와 태현은 재빨리 감옥을 통과해 지하로 내려갔다. 데넬손이 봤다면 뒷목을 잡을 일이었다.

'그렇게 해적을 믿지 말았어야지.'

아무리 규칙이 엄해도 해적은 해적!

저렇게 만만한 대장장이들이 친하게 지내자고 하면 속아 넘어갈 수밖에 없었다.

사실, 지금 섬에서 누가 이런 짓을 할 수 있겠는가?

"여기는 뭐하는 곳입니까?"

"귀한 인질들 잡아놓는 곳."

안에서 코 고는 소리가 들렸다. 루포는 고개를 갸웃거렸다.

분명 해적의 지하 감옥인데 왜 이런 소리가 나지?

안을 살짝 들여다보자 놀라운 얼굴이 보였다.

"마, 마, 마르셀 백작!"

"아는 사람인가?"

"납치당했다는 말을 들었었는데, 여기 해적들한테 납치당했던 거였군요!"

"소식 알아서 잘됐네."

"꺼내야 하는 거 아닙니까?"

태현은 얼굴을 찌푸렸다. 그러고는 루포의 어깨에 올렸다.

"저걸 깨우면 저거랑 같이 다녀야 해. 저 밑에 뭐가 있을지도 모르는데 저 인간하고 같이 다녀야 한다는 거지. 만약 그러고 싶다면 상관은 없는데 네가 데리고 다녀라. 나는 싫으니까."

"하하. 두고 가죠."

빠른 태세 전환!

루포도 자기 목숨이 중요했다.

저 밑에서 뭐가 나올지도 모르는데 마르셀 백작 같은 인간을 챙기고 다닐 수는 없었다. 그러다가는 죽기 딱 좋았다.

태현은 걸어가면서 물었다.

"너희 왕국 귀족인데 이렇게 두고 가도 되나?"

"잘 지내고 계시잖습니까?"

루포는 어느새 태현에게 물들어가고 있었다. 얼굴에 철판 한 겹을 깐 것 같은 뻔뻔함!

둘은 문 앞에서 멈춰 섰다. 태현은 조심스럽게 훔친 열쇠를 꺼냈다. 루포는 긴장한 표정으로 쳐다보았다.

과연 제대로 돌아갈까?

끼이익-

무딘 소리와 함께 문이 열렸다.

"……!"

둘을 맞이한 건 눈부신 황금의 광채였다. 우르르 쌓인 황금 무더기와 보석들, 그리고 한눈에 봐도 명품 같아 보이는 아이템들까지!

"데넬손이 보물을 여기에도 보관해 두고 있었군……!"

"이, 이건……."

평소에 보물을 많이 만지는 루포였지만, 여기 있는 보물들의 규모는 생각보다 대단했다.

해적들이 참 알뜰하게도 긁어모았던 것이다.

"챙길까요?"

"모처럼 좋은 소리를 했는데, 일단은 내려갈 길 먼저 찾자."

태현도 말을 하면서 아쉬움으로 속이 쓰렸다.

여기 있는 보물들이 얼마인가! 게다가 단순히 돈만 있는 게 아니라 아이템들도 있었다.

그렇지만 지금은 시간이 없었다. 언제 문제가 생길지 몰랐다.

게다가 보물들의 양이 워낙 많았다. 인벤토리에 넣으면 무게 때문에 속도가 느려질 게 분명했다.

"길부터 찾자!"

"어떻게요?"

태현은 신의 예지를 사용했다. 그리고 길을 따라 움직였다. 그러면서 손을 재빠르게 움직였다.

[……를 얻었습니다.]

[……를 얻었습니다.]

태현은 창도 확인하지 않고 바로 움직였다. 말 그대로 본능으로만 아이템을 고른 것이다.

고를 수 있는 아이템을 대충 챙겨서 인벤토리에 집어넣고, 태현은 신의 예지가 알려주는 길을 따라 금화 더미를 파헤쳤다.

"대단하십니다."

"뭐가?"

"길을 찾으시면서 동시에 그걸 다 주머니에 넣으시는 게……."

산더미처럼 쌓인 금화 더미를 치워서 길을 만듦과 동시에, 아이템을 빠르고 정확하게 챙겨서 주머니에 넣는 태현의 솜씨는 루포도 감탄하게 만들었다.

검술로 따지면 마스터 수준!

"찾았다."

"……?"

루포는 태현이 무슨 소리를 하는지 이해가 가지 않았다.

태현은 금화 더미를 치우더니 바닥을 가리켰지만, 바닥에는 아무것도 보이지 않았다.

"뭘 찾으신 겁니까?"

"이 바닥이 입구가 분명해."

"확실한 거 맞습니까? 다른 건 몰라도 여기 구멍 뚫으면 눈치를 챌 겁니다."

"확실해!"

태현은 말과 함께 망치를 꺼내 들었다.

콰지직!

묵직한 소리를 내며 바닥이 박살이 났다.

뚫린 구멍 밑으로는 뭐가 제대로 보이지도 않았다. 그러나 태현은 망설이지 않고 뛰어내렸다.

그걸 본 루포는 기겁했다.

"아니, 저 양반은 진짜……!"

그래도 어쩌겠는가. 지금 아키서스의 화신이라고 믿을 수 있는 건 태현밖에 없는데.

루포는 한숨을 한 번 쉬고 뛰어내렸다.

[던전: 카테란드 섬 지하 신전에 입장하셨습니다. 당분간 로그아웃이 제한됩니다. 로그아웃 시 던전에서 강제로 퇴장당하며, 페널티가 부여됩니다.]

"제대로 왔군."

눈앞에 뜨는 경고창. 태현에게는 제대로 왔다는 신호였다.

무엇보다 '신전' 아닌가. 제대로 찾아온 느낌이 났다.

철벅, 철벅-

둘이 떨어진 곳은 물 위였다. 루포는 주변을 두리번거리더니 팔을 휘둘렀다.

반짝!

"그거 뭐냐?"

루포의 팔에서 밝은 빛이 은은하게 뿜어져 나왔다.

"발광 마법입니다."

"마법도 쓸 줄 알았나?"

"아뇨, 아이템인데요."

과연 상단의 검사다웠다. 굳이 마법을 배울 필요가 있나. 상단의 마법 아이템을 쓰면 되는데!

"너만 써?"

"……!"

루포는 아차 싶은 표정으로 태현을 쳐다보았다.

"하나밖에 없……."

"됐어, 농담한 거야. 앞으로 가서 길이나 밝혀봐."

물웅덩이를 헤엄쳐 나오자 맞이한 건 묵직한 대리석으로 되어 있는 길이었다.

딱 봐도 자연적으로 생긴 건 아닌 건물들!

루포는 그걸 보고 긴장한 표정을 지었다.

"맞게 온 것 같습니까?"

"아마도."

돌로 된 바닥에 발을 디디는 순간, 주변이 빛으로 휩싸였다.

"……!"

-이곳은 신성한 곳. 침입자들이여, 지금 돌아가라. 더 다가온다면 목숨을 보장할 수 없으니.

어디서 들리는지 알 수 없는 깊은 목소리였다. 루포는 그걸 듣고 외쳤다.

"우리는 침입자가 아니다! 화신의 후계자가 여기 있다!"

"야, 이 자식아. 상대방이 누군지 알고 말을 하는 거야? 적이면 어쩌려고?"

"……!"

태현이 구박하자 루포는 입을 다물었다. 생각해 보니 그도 그랬다.

-아키서스의 화신이라고?

"아니야. 얘가 좀 맛이 가서 헛소리한 거야."

-진정 아키서스의 화신이라면 이곳을 통과해라. 아니면 돌아가라.

빛이 길의 가운데를 가리켰다. 루포는 태현을 쳐다보았다.

'저기를 통과하면 정말 아키서스의 화신인 거겠지?'

이제까지 태현이 정말 아키서스의 화신인지는 반신반의하고 있었다.

물론 태현이 보여주는 대단한 능력을 봤을 때, 아키서스의 화신이 아니더라도 대단한 놈은 분명했다.

그렇지만 그는 확인해야 했다. 그러기 위해서 왔으니까!

"안 가십니까?"

"이게 지가 가는 거 아니라고…… 너 저기 갔다가 함정 나오면 어쩌려고 그래?"

"……."

괜히 말만 꺼냈다가 욕만 먹은 루포!

태현은 혀를 차더니 천천히 걸어갔다. 아무리 봐도 저기 통과하라는 곳은 평범해 보이는 곳이 아니었다.

'함정 같은데……'

파아아앗!

촤촤촤촤촤촥!

"태현 님!!!"

수십 개의 화살이 동시에 태현을 향해 날아왔다. 그걸 본 루포가 비명을 질렀다.

태현이 비록 성격 더럽고, 재수 없고, 깐깐하고, 오만하고…….

'아니, 이게 아니지.'

그런 사람이었지만 절대로 저렇게 죽어서는 안 됐다. 그들한테 가장 중요한 사람 아닌가!

그러나 태현은 멀쩡했다. 태현은 한숨을 쉬며 말했다.

"그래, 그렇겠지. 이런 식이겠지."

아키서스는 행운의 신.

그의 화신임을 알기 위해서는 언제나 행운을 확인해야 했다.

수십 개의 화살이 동시에 날아오는 건 이제 별로 놀랍지도 않았다.

-놀랍군. 정말 아키서스의 화신이 다시 나타나다니.

"……!"

루포는 주먹을 불끈 쥐었다. 이제 확실해졌다. 태현은 아키서스의 화신이 맞았다.

-근데 아키서스의 화신이 이렇게 약하다니. 조금 신기한데.

"……?"

태현은 순간 놀랐다. 다른 사람은 별생각 없이 넘어갔겠지만, 태현은 달랐다.

저 목소리에서 무언가를 눈치챈 것이다.

'원래 아키서스의 화신은 더 강했다는 건가? 잠깐…….'

생각해 보니 원래 전설 직업은 저렙 때 얻기가 힘들었다.

이세연도 레벨 100을 넘고 나서야 전설 직업을 얻었다. 그전에 네크로맨서 계열 직업으로 온갖 성장은 다 한 상태였고.

지금 기사 계열 전설 직업을 도전하고 있는 스미스도 레벨이 100을 넘었을 게 분명했다.

그러나 태현은 아직 레벨 30도 안 된 상황!

좀 이상하기는 했다. 아니, 사실 조금이 아니라 많이 이상했다.

'생각해보자. 원래 행운이 몇천 나오려면 레벨이 백은 넘을 테니까…… 아!'

행운은 원래 주로 찍는 스탯이 아니었다. 행운을 주로 찍어도 행운이 몇천 대가 나오려면 레벨이 최소한 백은 넘겨야 했다.

태현처럼 미친 듯이 행운만 올린 게 예외인 경우!

'그래서 내가 약하다고 한 건가?'

원래 정상적인 아키서스의 화신은, 레벨을 100 넘게 올리고, 다른 스킬도 많은 상태에서 행운을 달성해 전직하는 것이었다.

그러면 레벨이 느리게 올라가는 페널티도 어느 정도 견딜 만했다.

'게다가 전설 직업 스킬도 바로 받을 수 있었을 거고.'

전설 직업 스킬 중에서 레벨이 되면 바로 얻을 수 있는 게 몇 개 있었다.

태현은 30도 안 되어서 못 얻었지만, 100 넘어서 전직했다면 그중 몇 개들은 바로 받았을 것이다.

결국…….

태현이 이상할 정도로 빠르게 전직한 셈!

'이런 젠장.'

태현은 이제야 완전히 이해가 갔다. 아키서스의 화신은 레벨이 좀 높은 상태에서 전직을 하는 걸로 생각하고 만들어진 직업이었던 것이다.

'뭐, 어쩔 수 없지.'

태현은 빠르게 마음을 다잡았다. 이미 이렇게 된 거 되돌릴 수는 없었다.

역으로 생각해 보면, 일찍 전직한 건 그만큼 장점도 있었다.

더 많이 성장할 수 있었으니까.

물론 성장하기 힘들기야 하겠지만!

-화신이여. 이 앞에는 예전 화신이 남겨놓은 권능이 있다. 자격이 있다면 가져가도록.

목소리는 그 말을 마지막으로 사라졌다. 루포는 허겁지겁 달려왔다.

"괜찮으십니까?"

"걱정 마라. 안 다쳤으니까."

"아니, 그 화살을 맞고 정말 괜찮으신 겁니까?!"

"화신이 괜히 화신이겠냐."

태현은 칼을 뽑고 앞으로 걸어가기 시작했다.

안에 권능, 직업 스킬이 있다는 건 확인했다.

그러나 딱 봐도 만만해 보이지는 않았다.

'그냥 주면 안 되나? 꼭 이렇게 시험을……'

태현은 투덜거리며 앞으로 걸어갔다.

타탁-

"조심하십시오!"

루포는 고함을 지르며 태현을 잡고 앞으로 뛰었다. 덕분에 태현은 차가운 돌바닥에 얼굴을 박아야 했다.

파파팍-

둘이 있었던 곳에 무수한 화살들이 지나갔다.

"……."

"괜찮으십니까?"

"네가 안 밀었으면 괜찮았겠지."

태현은 얼굴을 문지르며 자리에서 일어났다.

"아니, 화살이 날아오는데 피해야죠!"

"난 안 피해도 되거든?"

태현은 바닥에 떨어진 화살들을 훑어보았다. 끝이 푸른색으로 빛났다.

"오, 독이잖아?"

"……."

알뜰하게 화살 끝에서 독을 챙기는 태현을 보고 루포는 어이가 없다는 듯이 물었다.

"시간 없다고 하지 않으셨습니까?"

"그건 위에서 이야기였고. 여기는 다르지. 해적들이 우리 찾아서 내려와도 어차피 여기까지는 오지도 못할걸."

태현은 자신이 있었다. 이곳은 아키서스의 화신을 위해 만들어진 시험의 장소.

해적들이 쫓아온다고 해봤자 화살들을 맞고 쓰러질 뿐이었다.

[바곳 독을 얻었습니다.]

바곳 독:

바곳의 꽃가루를 정제해서 만든 독이다. 시간이 지나도 독성이 변하지 않아 자주 사용되는 독이다.

　태현은 재빠른 손놀림으로 독을 추출해서 긁어모았다.

　독도 구하기 쉬운 게 아니었다. 게다가 질 좋은 독은 또 만드는 게 어려웠다.

　'이런 곳에서 나오는 독이라면 분명 좋은 독이겠지?'

　루포는 뒤에서 따라오며 과연 저렇게 함정의 독까지 챙기는 게 진짜 화신이 맞나 하는 의문을 품었다.

　아니, 분명 이 던전에서 화신이라고 보증을 해주기는 했지만…….

　스르릉-

　"위험합니다!"

　"아, 이 자식아. 네가 더 위험해!"

　소리가 나자마자 태현을 잡고 피하려는 루포였다. 태현은 루포의 손을 뿌리치고 버럭 소리를 질렀다.

　루포는 민망해져서 뒷머리를 긁적거렸다.

　"그래도 이번에는 함정이 아니네요."

　"그래."

　-침입자…… 물러나라…….

　앞에 나타난 것은 망령 전사였다.

　벽을 뚫고 나타난 망령 전사는 불투명한 양손검을 들고, 눈구멍에서는 푸른 불꽃을 뿜었다.

"내가 아키서스의 화신인데 덤비는 거냐?"

-침입자…… 물러나게 한다…….

"말이 안 통하는 것 같습니다."

"그래, 내 눈에도 그래 보인다."

태현은 검을 뽑았다. 아키서스의 화신이라고 다 길을 비켜
줄 거였다면 애초에 던전이 아니겠지!

"조심하십시오. 보통 놈이 아닌 것 같습니다!"

-행운의 일격, 5중첩!

-공격의 원!

콰지직!

루포의 눈이 크게 떠졌다. 태현이 가한 공격은 보통 위력이
아니었던 것이다.

뛰어난 검사들도 보여주기 힘든 묵직한 공격!

물론 화신인 건 알고 있었지만, 저 정도로 강할 줄이야.

[행운의 일격 스킬 레벨이 오릅니다.]

-침입자…… 약하다…….

"……!"

루포는 놀란 표정으로 뛰어들어 망령 전사의 공격을 쳐냈다. 방금 태현이 가한 공격은 절대로 만만한 공격이 아니었다.

"큭!"

루포는 이를 악물며 뒤로 물러섰다. 망령 전사의 힘이 보통이 아니었다.

-크흐흐……

망령 전사의 주변이 푸른색으로 물들더니 파동으로 변해져 쏟아졌다.

죽음의 냉기 파동이라는 망령 전사의 스킬이었다. 맞는 순간 얼어붙는 무시무시한 스킬.

그러나 루포도 만만하지 않았다. 그는 태현에게 외쳤다.

"제 뒤로 피하십시오!"

-방어의 원!

검 하나로 펼치는 강력한 방어 수단!

루포의 주변에 굵은 원이 그려졌다. 어떤 공격도 들어오지 못할 것 같은 단단함이었다.

파파파파팟-

냉기 파동이 그 주변으로 흩어져 지나갔다. 루포는 망령 전사한테 손짓했다.

"별거 아니군!"

-침입자…… 건방지다…….

"젠장, 차갑잖아."

"태현 님!?"

루포는 태현이 뒤로 피하지 않았다는 사실을 그제야 깨달았다. 태현은 옷 위에 붙은 얼음 덩어리들을 쳐내며 불평했다.

처음에는 긴장했지만 저 마법은 명중률이 그렇게 높지 않았다.

태현 정도의 회피 능력이면 충분히 빗나가게 만들 수 있었다.

"생각보다 더 강한 놈입니다. 제가 상대할 테니 옆에서 도와주십시오."

"아니, 그럴 필요 없을 것 같아."

태현은 가방 속에 손을 넣었다. 그걸 본 루포는 당황했다.

"지금 뭐하십니까?"

밖으로 나온 것은 찬란하게 타오르는 망치!

"저건 딱 봐도 살아 있는 놈이 아니지?"

"……?"

고대의 망치는 생명체한테 대미지를 줄 수 없었다.

그렇다면…….

생명체가 아닌 놈한테는 대미지를 줄 수 있다는 것!

망령 전사는 순간 뒷걸음질 쳤다. 언데드인 그가 겁을 먹은 것이다. 보통 일이 아니었다.

-크르르…… 그건, 뭐냐…….

"행운의 일격. 행운의 일격. 행운의 일격…… 공격의 원!"

빛을 뿜는 망치가 휘둘러졌다.

콰아아아앙!

[치명타가 터졌습니다!]

[망치로 검술 스킬을 사용했습니다. 페널티가 붙습니다.]

[신의 품격으로 페널티가 사라집니다.]

[강력한 상대에게 엄청난 대미지를 입혔습니다. 검술 스킬이 상승합니다.]

망치로 검술을 사용하는 게 아쉬웠지만 어쩔 수 없었다. 대장장이들을 보면 망치를 무기로 사용하는 망치술도 있는 것 같았지만 태현은 아직 배우지 못했다.

괜히 새로 처음부터 배우는 것보다는 페널티를 받더라도 망치로 검술을 쓰는 게 나았다. 어차피 아키서스의 화신 덕분에 페널티는 없는 것이나 마찬가지였으니까!

-크아아아아아!

CHAPTER 5

망령 전사가 비명을 지르며 몸을 뒤틀었다. 옆에서 그걸 보던 루포의 입이 떡 벌어졌다.

"이, 이게 뭐?"

아무리 봐도 태현은 그보다 밑이었다. 그러나 그의 공격을 거뜬히 버텨낸 망령 전사가 일격에 저렇게 되다니.

딱 봐도 막대한 대미지를 입어 빈사 상태에 빠진 것 같았다.

태현은 멈추지 않고 계속해서 망치를 휘둘렀다. 공격의 원은 한 번 시작하면 계속해서 공격이 이어지는 연속 검술!

쾅! 쾅! 쾅!

[망령 전사를 쓰러뜨렸습니다. 던전의 적들이 깨어납니다.]

"응?"

뭔가 불길한 메시지창을 본 것 같았다.

[강력한 상대와 싸워 추가 경험치 보너스를 받습니다.]
[레벨 업 하셨습니다.]

"……!"

무엇보다 기쁜 메시지. 태현은 주먹을 불끈 쥐었다. 지금 태현 상황에서 레벨 업은 무엇보다 기뻤다.

'잠깐, 이 망령 전사들은 레벨이 얼마나 높은 거야?'

생각해보니 원래 전설 직업은 고렙이 되어서야 받을 수 있는 것이었으니, 여기 있는 놈들도 그 정도 수준일 것이다.

당연히 경험치도 그 정도 수준!

'다행인 건지, 아니면 걱정해야 하는 건지…….'

"저, 태현 님."

"……?"

"저기 망령 전사들이……."

"이런 젠장."

던전의 적들이 깨어난다는 소리가 무슨 소리인지 그제야 알 수 있었다. 벽에서 망령 전사들이 천천히 걸어 나오고 있었다. 보통 위압적인 모습이 아니었다.

콰! 콰! 콰!

"크…… 윽!"

루포는 비명이 새어 나오는 걸 참으며 망령 전사 하나를 쓰러뜨렸다.

솔직히 여기 오면서 자만한 것도 있었다.

'적이 있어 봤자 충분히 나 혼자서 상대할 수 있겠지.'

그러나 지금 와서 그 생각은 완전히 바뀌었다.

여기 있는 놈들은 하나하나가 그를 쓰러뜨릴 수 있는 실력자였다.

한 명씩 따지고 보면 그보다는 못 하지만 여럿이 몰려나오니 그만큼 힘든 게 없었다.

'마법사도 데리고 올걸!'

"질주하는 질풍의 원!"

범위 공격 스킬, 질주하는 질풍의 원을 쓰자 루포의 주변에 강력한 원이 생겨나며 퍼져 나가기 시작했다.

카각, 카각, 카카각!

망령 전사들은 그 위력에 밀려났다.

-크르르…… 인간…… 건방지다……!

"태현 님! 무슨 방법 없습니까?!"

루포는 저도 모르게 태현을 쳐다보며 외쳤다.

방금 보여준 태현의 모습. 태현이 그보다 약하다고 생각했는데 아니었다.

적어도 지금 이런 상황에서는 훨씬 더 강할지도 몰랐다.

"너 나 지키려고 따라온 놈 맞냐?"

태현은 어이없다는 듯이 물어보며 망치를 휘둘렀다. 망령 전사의 몸이 사라지며 태현의 뒤에서 나타났다.

"이 자식…… 치사하게!"

[회피에 성공했습니다.]

-치…… 치사한 건 네 기술이다……!

망령 전사는 제대로 들어간 공격이 그냥 빗나가 버리자 그렇게 쏘아붙였다.

사실 사기적인 스킬로만 따지면 태현도 할 말은 없었다. 어지간한 공격은 다 회피해 버리니까.

-그러면 이것도 피해봐라!

망령 전사는 사납게 외치며 손을 뻗었다. 태현은 본능적으로 몸을 움직여 피하려고 했지만, 그러기에는 너무 빠르고 범위가 넓었다.

파아앗!

검은색으로 일렁이는 덩어리가 폭발적으로 분출해 나갔다.

[망령의 저주에 맞았습니다. 회피할 수 없습니다.]

[마법 방어력이 하락합니다.]

[물리 방어력이 하락합니다.]

[망령의 저주로 독 대미지를 입습니다. 신성 권능으로 대미지를 낮춥니다.]

[회피율이 하락합니다.]

회피가 불가능한 저주!

태현은 혀를 찼다. 태현의 행운은 무적의 갑옷이 아니었다. 이런 식으로 회피가 불가능한 공격은 맞을 수밖에 없었다.

'다행히 신성 권능 덕분에 직접 피해는 없다.'

독 대미지는 패시브 스킬인 신성 권능 때문에 완전히 막아진 상황.

그러나 회피율이 하락하는 건 위험했다.

태현이 이 망령 전사들과 대등하게 싸울 수 있는 것은 대부분의 공격을 회피할 수 있어서였다.

만약 이걸 더 맞게 된다면?

그때부터는 위험해졌다.

'피하려면 아예 맞지를 말거나 막아야 하겠군.'

태현은 망치를 똑바로 들었다. 원래 이런 식의 싸움에서는 잔뼈가 굵은 태현이었다.

상대를 읽는다.

망령 전사라도 크게 다르지는 않았다. 성가신 스킬만 있을 뿐, 공격할 때는 어딘가 움직이는 부분이 있었다.

'다리!'

망령 전사의 공격이 허공을 갈랐다. 태현이 한발 앞서서 피해낸 것이다.

-크르르…… 어떻게?

태현은 대답 대신 망치를 돌려주었다.

쾅!

전력으로 휘두른 망치에 얻어맞자 망령 전사는 비틀거리며 물러섰다.

루포의 공격력을 능가하는, 초월적인 망치의 공격력!

한 번 비틀거리는 순간, 그때부터는 태현의 차례였다.

태현은 망설이지 않고 연달아 공격을 퍼부었다. 마땅한 공격 스킬이 없어도 태현에게는 일반 공격 자체가 무기였다.

망치를 휘두르고, 찌르고, 후려치는 다양한 기술로 망령 전사를 두들겨 패자, 망령 전사는 반격도 하지 못하고 쓰러졌다.

"이쪽으로 와라, 루포!"

"예?"

루포는 왜 오라고 하는지도 몰랐지만 일단 태현이 오라고 하니 움직였다.

그는 방금까지 상대하던 망령 전사를 밀치고 허겁지겁 달려왔다.

그러자 태현은 망설이지 않고 바로 무언가를 꺼내서 던졌다.

콰콰콰쾅!

바로 폭탄이었다.

"맥스웰 밑에서 배울 때 갖고 오기를 잘했군."

기계공학을 배울 때 쓸 만한 폭탄을 몇 개 챙겨뒀었다. 이렇게 쓰게 될 줄은 몰랐지만.

루포는 기겁해서 머리를 움켜쥐었다.

"이런 곳에서 썼다가 무너지면 어떡합니까?!"

"괜찮아, 나는 피할 수 있으니까."

"……."

루포는 '저는 어쩌란 겁니까?'라고 묻지 않았다. 이미 태현이 어떤 사람인지 파악한 이상 저런 질문은 의미가 없었다.

폭탄이 벽과 천장을 무너뜨려서 일순 길을 막았다. 망령 전사들도 대미지를 받았는지 나타나지를 않았다.

"태현 님. 어떻게 하실 겁니까? 생각보다 놈들이 너무 강합니다."

루포는 포션을 꺼내서 마신 다음 붕대를 꺼내 몸에 감았다. 얼마 싸우지 않았는데도 그는 꽤나 피곤해 보였다.

그에 비해 태현은…….

'왜 저리 멀쩡한 거야!?'

겉모습이 저주 때문에 약간 검게 변한 거 말고는 멀쩡해 보였다. 그 저주도 빠르게 사라지고 있었고.

"여기 길을 뚫기는 해야 하잖아?"

"그렇죠……."

"강하기는 한데 못 뚫을 정도는 또 아니고."

"네, 그런데 여기서 이 정도면 안이 더 위험하지 않겠습니까?"

길을 지키는 망령 전사가 이 정도로 강하다면, 더 안으로 들어갔을 때 뭐가 나올지는 상상하기도 싫었다.

"그렇겠지."

"그러면……."

"그래도 어쩔 수가 없어."

태현은 어깨를 으쓱거렸다.

"위로 올라갈 수가 없으니까. 이번 기회에 가지고 나갈 수 있는 건 모두 가지고 나와야 해."

언제 들킬 줄 알지 못하는 상황에서 나갔다 다시 들어오는 건 무리였다.

루포는 위에 올라가서 사제나 마법사들을 데리고 오고 싶었지만, 현실적으로 무리였다.

-크르르…… 이 비겁한 놈들……!

-침입자 주제에!

부서진 통로 사이에서 망령 전사들이 다시 나오기 시작했다. 루포는 한숨을 쉬며 칼을 다시 들었다.

어쩌겠는가. 태현이 하라는 대로 해야지.

"좋은 생각이 났다."

"예? 뭔데요?"

"일단 그 빛나는 팔찌 좀 줘봐."

"여기 있습니다만…… 그건 왜……?"

루포는 팔찌를 건네면서 반사적으로 태현을 쳐다보았다. 그리고 후회했다.

태현이 사악한 웃음을 짓고 있었던 것이다.

"저주할 거야! 저주할 거라고!"

루포는 그렇게 외치며 뒤로 달렸다. 망령 전사들은 그를 쫓아오고 있었다.

태현은 은신을 쓰고 앞으로 달려 나갔다.

망령 전사는 몇 번 공격을 했지만 태현에게 공격이 통하지 않자, 바로 루포에게 달려들었다.

"루포! 뒤로 도망가서 있어라! 여기 지키는 놈들이니 그렇게 멀리는 안 쫓아올 거야!"

"진짜 저주할 겁니다!"

"다 너를 위해 이러는 거야!"

태현의 목소리가 메아리치듯이 사라졌다. 루포는 이를 갈며 더욱더 빨리 달리기 시작했다.

실제로 망령 전사들은 끝까지 쫓아오지 않았다.

"헉, 헉헉⋯⋯."

루포는 발걸음을 멈추고 통로를 쳐다보았다. 이렇게 달리게 된 게 얼마 만인지 알 수 없었다.

이렇게 된 이상 태현이 안에서 깨고 나올 때까지 기다려야 했다.

과연 괜찮을까?

원래 상식대로라면 당장 태현을 따라가야 했다. 그러나 루포는 그러지 않았다.

태현은 이런 무모한 짓을 해도 무언가 될 것 같은 느낌을 주는 그런 게 있었던 것이다.

-망령의 저주, 망령의 저주, 망령의 저주!

"크악!"

루포의 믿음과 달리, 태현은 고전하고 있었다.

판타지 온라인 2에서 처음으로 피가 쭉쭉 닳는 게 보였다. 태현의 레벨이 낮다고 해서 결코 스탯이나 HP, MP까지 낮은 건 아니었다.

그러나 그건 어디까지 현재 중수에서 고수 사이 플레이어 정도였고, 망령 전사들은 정말로 강력했다.

망령 전사들은 태현이 제대로 된 공격이 통하지 않는다는 걸 깨닫자마자 저주만 퍼붓기 시작했다.

신성 권능으로 줄여도 저주가 중첩되자 피가 상당히 많이 닳았다.

"젠장……! 행운의 일격! 공격의 원!"

태현은 이를 악물고 공격을 퍼부었다. 지금 믿을 수 있는 건 공격밖에 없었다. 적을 쓰러뜨려서 저주를 줄여야 했다.

[검술 스킬이 오릅니다.]

[초급 검술 스킬이 중급 검술 스킬로 변합니다.]

[중급 검술 스킬을 얻었습니다. 앞으로 모든 검술 관련 스킬에

추가치를 받습니다.]

　[가타콰 검술의 스킬이 추가됩니다.]

　[도시에서 검사로 인정받습니다.]

　[검술 관련 NPC들이 우호적으로 대합니다.]

　드디어 검술 스킬이 중급까지 올랐어도 좋아할 수도 없었다. 태현은 정신없이 움직였다. 저주를 최대한 피하기 위해서였다.

　오랜만에 이렇게 공격을 피하면서 움직이니 예전 생각이 났다.

　'그래, 요즘 좀 나태하긴 했지!'

　행운만 믿고 너무 회피에 소홀했던 것 같았다.

　원래 태현은 이렇게 직접 피하지 않았었나!

　망령 전사가 손을 뻗는 순간 저주가 뿜어져 나왔다. 손을 뻗지 못하게 하거나, 뻗는 순간 다른 망령 전사 옆으로 피해서 방패로 삼아야 했다.

　-죽어라!

　쾅!

　어느 정도 저주를 걸자, 망령 전사는 자신이 생겼는지 검을 휘둘러 덤벼왔다.

　[회피에 성공했습니다.]

-이런 말도 안 되는······.

"내가 할 소리다!"

태현은 보답으로 망치를 돌려주었다. 망치를 휘둘러 정확하게 망령 전사의 얼굴을 후려친 것이다.

[치명타가 터졌습니다!]

-크아아악!

망령 전사는 비명을 지르며 쓰러졌다. 저주 하나가 풀리자 감소하는 피가 줄어들었다. 태현은 안도의 한숨을 내쉬며 다시 싸우기 시작했다.

남은 놈들을 모두 쓰러뜨리자 피가 20% 정도 남은 상태였다.

'위험했다. 진짜로.'

기껏 루포를 두고 혼자 왔는데 죽으면 그것만큼 망신도 없었다.

확실히 루포가 있을 때가 편하긴 했다. 루포한테 공격이 집중되니 태현은 그저 대미지만 넣으면 됐던 것이다.

그렇지만 루포는 태현과 달랐다. 여기서 죽게 할 수는 없었다.

앞으로 계속 부려먹어야 할 고렙 NPC!

"에취!"

루포는 재채기를 했다. 갑자기 오한이 스민 것이다.

"누가 내 이야기 하나?"

망령 가루:
언데드 망령에서 나온 불투명한 가루다. 언데드의 정수가 스며져 있다. 언데드가 강력할수록 가루의 정수도 강력하다.

"칼이나 갑옷을 줄 것이지……."

태현은 투덜거리며 망령 가루를 챙겼다.

망령 가루는 대장장이나 마법사들이 좋아할 재료였다. 그러나 태현은 저걸 잘 쓸 수가 없었다. 마법 부여 스킬이나 그런 게 없는 이상…….

정리를 하고 태현은 붕대를 감았다. 붕대나 포션은 상단에서 나올 때 많이 챙겨온 상태였다.

기회를 절대 놓치지 않는 철저함!

'그러고 보니 검술 스킬이 중급이 됐지?'

힘든 와중에 반가운 소식이었다.

검술 스킬은 모든 것의 기본이었다.

물론 망치를 전문적으로 쓰려면 망치술 같은 걸 배워놓는 게 좋겠지만, 어차피…….

'이 망치는 평소에는 못 쓰니까.'

생명체한테는 대미지가 들어가지 않는 치명적인 약점을 가진 아이템!

사실 고대의 망치는 엄청난 아이템이었다. 태현도 그건 느끼고 있었다.

아무리 행운의 일격으로 보조를 했지만, 루포가 상대하기 버거워하는 망령 전사들을 일격에 치명타를 줄 정도였다.

그렇다면 정말 엄청난 공격력을 갖고 있는, 전설적인 아이템이 분명했다.

단, 생명체한테만 대미지를 못 준다는 점을 빼면!

'젠장. 하긴, 이런 페널티가 있으니 그런 공격력이 있는 거겠지.'

어쨌든 평소에는 검을 써야 하니, 검술 스킬이 오르는 게 좋았다.

태현은 상태창을 확인해 보았다.

이름: 김태현

레벨: 28

직업: 아키서스의 화신

HP: 2,035

MP: 1,985

힘: 155 (+35)

민첩: 155(+35)

체력: 160(+35)

지혜: 165(+35)

행운: 2,595(+35)

보너스 스탯: 0

레벨이 30도 안 되는 플레이어라고는 믿을 수 없을 정도의 막대한 스탯 양!

준 랭커라고 해도 다들 믿을 스탯이었다.

'스킬은······.'

중급 요리 1 (49%)

-초급 향신료 뿌리기 4 (55%)

-초급 도축 8 (35%)

-초급 재료 파악 3 (65%)

-초급 국자 젓기 4 (85%)

-초급 독 제작 2 (13%)

초급 화술 3 (38%)

-초급 협박 2 (75%)

초급 궁술 1 (50%)

초급 기계공학 4 (27%)

-초급 화약 제조 8 (40%)

-초급 폭탄 제작 4 (35%)

-초급 도구 제작 3 (68%)

중급 대장장이 기술 6 (10%)

-강화 4 (0%)

-중급 날카롭게 갈기 2 (45%)

-중급 녹 없애기 2 (45%)

-중급 수리 3 (3%)

초급 재봉술 4 (5%)

-초급 천 다듬기 5 (40%)

-초급 가죽 다듬기 4 (30%)

……

지금 게시판에 올리면 게시판이 한 달 정도는 떠들 정도로 다양하게 올린 스킬들!

진정한 잡캐의 모습이었다.

'새로 열린 가타과 검술 스킬은 뭐지?'

검술 스킬이 중급이 되면서 가타과 검법의 스킬도 하나가 열렸다.

아까는 싸우는 도중이라 확인을 하지 못했지만······.

<반격의 원>

상대가 공격하는 타이밍에 맞춰 정확하게 원을 그립니다. 성공
할 경우 공격을 되돌려 보냅니다.

"······!"

태현은 깜짝 놀랐다. 설명만 봐서는 거의 사기 스킬!

그러나 태현은 판타지 온라인 1부터 잔뼈가 굵은 사람이었
다. 바로 이 스킬이 뭔지 알아차렸다.

'조건이 엄청 까다로운 게 분명해.'

이렇게 사기 같은 스킬은 원래 엄청나게 까다로운 조건을 갖
고 있었다. 그래야 균형이 맞았다.

실제로 태현의 생각이 맞았다. 가타콰 검법을 거의 마스터
한 루포도 반격의 원은 어지간해서 쓰지 않을 정도로, 그 타
이밍을 잡기가 힘들었던 것이다.

-반격의 원을 쓰는 건 거의 반쯤은 운이나 다름없다.

루포의 스승도 그렇게 말할 정도였다.

'한 번 써봐야 감이 오려나……'

-크르르…… 침입자…….

"시끄럽고, 빨리 좀 덤벼라!"

태현은 기다리다 지쳐 그렇게 말했다.

망령 전사가 하나 나온 건 좋았다. 여럿이 나오면 제대로 스
킬을 연습할 수 없었으니까.

그렇지만 이번에 나온 망령 전사는 폼을 잡으면서 느리게
덤볐다.

한시라도 빨리 반격의 원을 써보고 싶은 태현에게는 답답할
지경!

-공포에 차서 허세를 부리는군…… 크큭…….

"……."

태현은 대답 대신 달려들어서 망치로 망령 전사의 머리를
후려쳤다.

[치명타가 터졌습니다!]

-크아악! 비겁한 놈!

"내가 덤비라고 하지 않았냐? 응?"

망령 전사는 그제야 정신을 차리고 반격해 오기 시작했다. 태현은 정신을 집중했다.

딱 봐도 반격의 원을 쓰는 것은 보통 난이도가 아니었다.

상대의 공격을 정확히 파악하고 써야 돌릴 수 있는 스킬!

잘못 쓰면 그냥 얻어맞는 것밖에 되지 않았다.

천부적인 격투 센스를 가진 태현이었지만, 여기는 게임 속 세상. 적은 현실의 사람보다 훨씬 더 강하고 빨랐다.

그러나⋯⋯.

-반격의 원!

[정확한 타이밍입니다. 반격의 원이 성공합니다!]

[적의 공격이 되돌아갑니다. 스킬 레벨에 따라 반격 대미지가 달라집니다.]

걱정한 게 바보처럼 느껴질 정도로 한 번에 성공!

"⋯⋯?!"

태현도 놀랐다. 보통 이런 스킬은 한 몇십 번 넘게 실패하면서 몸으로 감각을 익혀야 했다.

게다가 그것도 태현처럼 타고난 센스를 가진 사람의 이야기였고, 둔한 사람은 몇백 번을 굴러도 감을 잡지 못했다.

지수 같은 경우는 절대로 익힐 수 없는 스킬!

그렇지만 한 번에 성공이라니.

'뭐야, 그냥 사기 스킬이었나?'

태현은 그가 괜한 걱정을 했나 싶었다. 그리고 루포를 욕했다.

'이런 스킬이 있으면 아까 쓸 것이지 바보처럼 맞고 있냐.'

루포가 들었다면 억울해서 가슴을 쳤을 소리였다.

반격의 원은 태현이 생각한 스킬이 맞았다.

효과는 엄청나게 사기였지만, 발동시키기 정말 어려운 스킬!

적이 공격할 때 보이는 아주 짧은 타이밍에 반격의 원을 써야 발동이 되는데, 그 타이밍을 맞추는 건 사실상 운이나 다름없었다.

아무리 검술 실력이 뛰어나도 자주 쓰는 건 불가능!

그러나 태현에게는 강력한 행운이 있었다.

남에게는 바늘구멍처럼 좁은 타이밍도 태현에게는 널찍한 동굴 입구나 다름없었다.

-크아아악!

망령 전사가 휘두른 검은 빙글 돌더니 다시 망령 전사를 후려쳤다. 옆에서 보면 웃기는 장면이었다.

그러나 싸우는 둘은 조금도 방심하지 못하는 치열한 싸움!

판타지 온라인 2는 세계 1위의 가상현실게임이었다. 판타지 온라인에 도전한 몇 개의 게임이 있었지만, 다들 판타지 온라인을 뚫지 못하고 쓰러진 상태였다.

전 세계의 사람들이 하는 게임이니 그만큼 사람들 숫자도 많았고, 관리하는 직원들도 바빴다.

태현의 광팬인 최명성 팀장도 태현을 쫓아다니면서 보지 못한 지 꽤 된 상황.

"팀장님, 팀장님."

"왜?"

"여기 좀 와보세요."

"너 내가 쓸데없는 걸로 나 부르지 말라고 하지 않았냐? 응? 저번에 말한 건 그냥 네가 처리할 수 있는 거였잖아. 너 이번에도 별거 아닌 거면……."

"김태현인데……."

"잘 불렀어. 하하. 너도 이제 좀 일할 줄 아는구나!"

윤주환은 입을 삐죽거렸다. 그러나 어쩌겠는가. 상사인데.

"김태현이 전설 직업 퀘스트 깨고 있어서요. 관심 있으실 것 같아서……."

"벌써 전설 직업 퀘스트 깨고 있어? 레벨 낮아서 힘들 줄 알았는데. 되게 빨리 깼네? 어떻게 여기까지 들어왔지?"

전설 직업의 스킬 중 하나가 있는 지하 던전.

그러나 거기까지 가는 건 보통 일이 아니었다. 무엇보다 카테란드 해적단이 가장 큰 문제였다.

어지간해서는 지하 던전에 가기 전에 해적단에게 죽는 것이다.

"보니까 상단을 섭외해서 해적단을 속였나 본데요?"

"뭐? 진짜? 역시 김태현이야."

최명성은 손뼉을 치며 감탄했다. 저렇게 머리를 쓰는 게 바로 김태현의 진가였다.

"잠깐, 넌 근데 어떻게 아냐?"

"그야 방송에서…… 읍."

"너 이 자식…… 일할 때 방송 보지 말라고 했잖아!"

윤주환은 고개를 숙였다.

"어디 켜봐."

"네?"

"방송 켜보라고."

"일할 때 방송 보지 말라고……."

"뭐라고 했냐?"

팀장의 목소리가 한층 내려갔다.

"지금 키고 있습니다. 하하."

카테란드 섬에 끌려온 플레이어 중에서도 개인 방송을 하는 플레이어가 있었다.

속아서 오기는 했지만 어쨌든 방송으로 쓰기는 재밌는 소재였다.

-카테란드 섬에서 낚시 퀘스트 깨기!

낚시꾼 플레이어가 하는 방송이었다. 카테란드 해적단이 있는 섬에 갔다는 게 사람들의 관심을 끌었는지 보는 사람이 꽤 됐다.

"지금 이 퀘스트를 진행하고 있는 사람은 김태산이란 사람인데, 아주 나쁜 놈이에요!"

어느새 태현이 말한 가명은 카테란드 섬에 끌려온 플레이어들 사이에 널리 퍼져 있었다.

'김태산 XXX', '김태산 죽어라' 같은 건 유행어로 쓰일 수준!

그러나 태현은 눈 하나 깜박하지 않았다. 태현 자신을 욕해도 뒤에서 욕하는 거면 신경 쓰지 않는 태현이었다.

게다가 그가 아니라 김태산으로 욕하고 있지 않은가.

"잠깐, 왜 김태산이야?"

"김태현이 가명을 쓴 것 같은데요."

"아, 그렇군."

최명성은 바로 이해했다. 김태현은 적이 많았다. 판타지 온라인 2에서 레드존 길드와 싸운 걸 제외해도, 판타지 온라인 1에서 태현에게 이를 갈고 있는 사람들이 수두룩했다.

-1에서 내가 죽었던 것보다 절반만 죽어라!

-김태현이라고? 이기면 내가 유명해지겠네?

-너 때문에 망신당했다!

줄을 세우면 일렬로 번호표를 받아도 모자랄 정도의 원한들!

가명을 쓰는 건 좋은 선택이었다. 워낙 플레이어들이 많으니 이 정도만 해도 대부분 눈치를 채지 못할 것이다.

"플레이어들을 속여서 섬에 끌고 왔어? 대단하네."

"저렇게 속이면 위험하지 않을까요?"

"어차피 얼굴도 가리고 이름도 속였는데…… 그보다 여기 스킬을 먼저 얻는 게 더 중요하지."

아키서스의 화신 직업 스킬은 하나같이 만만하지 않았다. 게다가 태현은 레벨이 낮은 상태에서 전직한 케이스.

난이도는 더 올라갈 게 분명했다.

당장에 저 망령 전사들만 해도 쉬운 상대가 아니었다. 거기에다가 뒤에 나올 녹슨 망령 골렘까지 상대해야 했다.

"아무리 회피를 해도 골렘은 힘들 텐데. 혼자로 온 건 너무 무모했던 거 같군."

해적들을 속이고 몰래 내려온 상황이니 어쩔 수 없었겠지만, 그래도 사제나 마법사부터 시작해서 파티 하나는 끌고 왔어야 했다.

루포는 강력한 NPC지만 혼자로는 한계가 있었다. 게다가 여기 나오는 몬스터들은 검사와 상성이 좋지 않았다.

'그나마도 떨어져서 움직이니……'

"실패할까요?"

"아니. 그렇게 판단하기에는 아직 이르지. 김태현은 김태현이니까."

팀장이 보여주는 태현을 향한 무한한 믿음. 윤주환은 어이가 없다는 감정을 들키지 않도록 노력해야 했다.

"방금은 힘들다고 하셨잖습니까?"

"힘들다고 한 거지 불가능하다고 한 건 아니야. 여기 던전은 공략법이 있거든."

저주받은 살덩이 골렘은 물리 대미지의 대부분을 흡수하는 몬스터였다. 거기에다가 적을 조준해서 생명력을 흡수하는 까다로운 스킬까지 썼다. 이건 회피가 불가능했다.

상대하려면 던전 어딘가에 있는 망령 전사의 검을 찾아서 뽑아야 했다. 그 검을 들면 살덩이 골렘에게 대미지를 제대로 줄 수 있었다.

'그렇지만 한시가 바쁜데 이 던전을 탐색할 생각을 할 수가 있나?'

최대한 빨리 던전을 깨고 나가야 하는 태현의 입장에서 그런 수색은 하기 힘들었다.

그런 건 제한이 없는 던전에서나 하는 짓이었다.

"어, 망령 전사의 검이 저거예요?"

"무슨 소리야? 망령 전사의 검이 어떻게 벌써…… 헉!"

"뭐야? 제법 쓸만한 아이템도 주잖아?"

태현은 쓰러뜨린 망령 전사를 보며 기뻐했다. 장비나 무기 같은 걸 원했는데, 무기가 나온 것이다.

그러나 구경하고 있는 최명성에게는 어이가 없어서 이해가 가지 않는 상황!

"……??"

"팀장님?"

"아니, 왜 저게 저기서 나와? 던전의 숨겨진 석실에 있는 건데……?"

"망령 전사가 드랍했는데요?"

"드랍했다고?"

최명성은 눈을 크게 떴다. 윤주환의 말이 맞았다. 태현은 망령 전사의 시체에서 검을 챙기고 있었다.

최명성은 상황을 깨달았다. 아키서스의 화신이 갖고 있는 행운 때문이었다.

거의 불가능한 상황에서도 강제로 아이템 드랍 확률을 올려서 나오게 만든 것!

'뭐 저런 게 다 있냐?!'

최명성도 기가 막혀서 입을 다물지 못했다.

지켜보는 둘이 놀라거나 말거나 태현은 싱글벙글하며 아이템을 확인했다.

망령 전사의 검:

내구력 0/?, 공격력 88

스킬 '망령화' 사용 가능, 스킬 '망령의 저주' 사용 가능.

망령들에게 강력한 위력을 가짐.

공격 시 사용자에게 저주 대미지. 계속 착용하면 악명 증가. 착용 시 행운 -100

망령 전사들이 사용하는 저주받은 유령의 검. 강력하고 위력적인 검이지만 살아 있는 사람이 쓰기에는 지나치게 위험한 검이다.

<아이템 등급: 영웅>

"......?"

태현은 고개를 갸웃거렸다.

분명 좋은 아이템이었다. 레벨 제한, 스탯 제한이 없는 아이템들은 언제나 시장에서 비싸게 팔렸다.

공격력만 보면 70~80레벨 정도의 플레이어들이 써도 모자람이 없었다.

그렇지만 세상에 좋기만 한 게 어디 있겠는가.

'이 페널티들은 뭐야?'

보통 아이템들에 하나만 붙어 있어도 다들 쓰기를 꺼려 할 옵션들이 덕지덕지 붙어 있었다.

-공격 시 사용자에게 저주 대미지.

"……."

-계속 착용하면 악명 증가.

"……."

태현은 어떻게든 납득하려고 애썼다. 그래, 뭐…… 저주 대미지는 태현 같은 경우는 회피할 수 있으니까.

악명도 명성으로 커버할 수 있었다.

마지막 페널티는 착용 시,

행운 -100.

사실 이게 가장 만만한 페널티였다. 태현에게 행운 -100 정도는 아프지도 않은 수준!

'그런데…… 행운이 0 밑으로 내려가면 어떻게 되는 거지?'

태현은 갑자기 궁금해졌다. 그처럼 행운을 올린 사람이 아니라면 보통 플레이어들은 행운이 -100 되면 0 밑으로 내려갈 것이다.

그러면 과연 어떻게 될 것인가?

'뭐…… 걸어가다가 뒤로 넘어지는데 코가 깨지고 그러나?'

태현은 농담처럼 넘겼지만, 태현의 상상은 거의 일치했다.

태현은 일단 망령 전사의 검을 들지 않았다.

페널티가 걱정이 되기도 했지만, 굳이 필요성을 느끼지 못한 것이다.

망령들이 살아 있었다면 망령 전사의 검을 들고 상대했겠지만 고대의 망치도 정말 좋은 아이템이었다.

검술 스킬 페널티가 붙었지만 고대의 망치 성능 자체가 그런 걸 능가했다.

지금 이 던전에서 나오는 적들을 상대하기에는 이만한 게 없었던 것이다.

"공격의 원!"

-크아악! 네가 어떻게 그 검을 쓰는 거냐!

-도둑놈! 그 검을 내려놓아라!

태현은 대답하지 않고 망치를 휘둘러서 망령 전사들을 도륙했다. 이제 슬슬 감이 온 상태였다.

태현의 가장 큰 장점 중 하나는 적응력이었다. 상대를 빠르게 파악하고 그에 맞춰서 방법을 생각해 내는 능력이 대단했다.

그 능력 덕분에 판타지 온라인 1에서 대장장이 같은 직업으로 랭커들을 쓰러뜨리고 다닐 수 있었다.

망령 전사들을 상대하는 것도 마찬가지. 처음에야 감이 오지 않은 상태라 여럿을 상대하다가 위험한 수준까지 갔었지만, 이제는 아니었다.

'아무리 많아도 셋까지.'

태현은 쫓아오는 망령 전사의 숫자를 세며 움직였다. 망령 전사는 강했지만 그렇게까지 빠르지는 않았다.

적당히 거리를 조절해 가면서 쫓아오는 숫자를 조절하면…….

"지금!"

-크앗!

도망치던 태현이 갑자기 뒤로 돌아서 덤벼들자 망령 전사는 기겁해서 칼을 휘둘렀다.

[회피에 성공했습니다.]

[회피에 성공했습니다.]

-이 비겁한 인간! 정정당당하게 싸워라!

"이것들은 몸도 없으면서 뭐가 정정당당하다는 거야?"

태현은 아랑곳하지 않고 망치를 휘둘렀다. 숫자를 조절해도 망령 전사는 결코 만만한 상대는 아니었다.

절대 방심할 수 없었다.

'저주!'

태현은 몸에 힘을 주고 망치를 휘둘렀다.

-반격의 원!

정확한 타이밍에 맞춰서 휘두르자, 망령 전사가 쏘아낸 저주가 그대로 돌아갔다.

푸학!

망령 전사는 순간 몸이 굳어 움직이지 못했다. 태현은 그대로 망령 전사를 수직으로 내려찍었다.

콰지직!

"후우⋯⋯."

[쉬지 않고 끈질긴 전투를 한 덕분에 체력이 1 오릅니다.]
[지구력이 1 오릅니다.]

태현은 상단에서 강탈한 포션을 마시고 붕대를 감았다. 망령 전사와 한 번 싸울 때마다 아슬아슬한 느낌이 들었다.

'어느 정도 온 거지?'

망령 전사가 나타날 때마다 도망쳤다가 다시 돌아오고, 도망쳤다가 다시 돌아온 탓에 시간은 많이 지났는데 그렇게 많이 움직이지는 못한 것 같았다.

"……!"

쿵, 쿵, 쿵-

멀리서 들리는 소리. 망령 전사는 저런 소리를 내면서 오지 않았다. 태현은 얼굴을 굳혔다.

'이거 뭐지?'

보통 이런 소리는 덩치가 크고 무거운 놈이 낼 수 있는 소리였다. 그리고 그런 놈은 보통 강했다.

-살아 있는 놈의 냄새가 난다!

[저주받은 살덩이 골렘이 나타났습니다!]

망령 전사와 달리 뜨는 경고 메시지. 태현은 침을 삼켰다. 이렇게 뜬다는 거 자체가 저 녀석이 얼마나 강한지 말해주고 있었다.

가로로 보나 세로로 보나 태현의 덩치보다 두 배는 큰 것 같았다.

겉모습도 끔찍했다. 어디서 근육을 주워와 군데군데 기워서 만든 것 같았다.

-살아 있는 놈! 살아 있는 놈이…….

태현은 말을 듣지 않고 달려들었다. 어차피 저 골렘은 통로를 막고 있었다.

-행운의 일격, 행운의 일격, 행운의 일격!

빠르게 이어지는 행운의 일격 연속 버프. 태현은 재빠르게 길을 달려 골렘의 다리를 후려쳤다.

-……?

"……?"

때린 태현도, 맞은 골렘도 당황했다. 워낙 강렬한 기세로 달려들었기에 골렘도 맞은 순간 몸을 움찔했지만…….

아무런 대미지가 없었던 것이다.

"골렘 주제에 살아 있는 놈이었냐?!"

태현은 욕설과 함께 몸을 뒤로 굴렸다. 방금까지 태현이 있었던 자리에 골렘의 주먹이 쾅 하고 찍혔다.

-감히 나를 모욕하다니!

"아니, 생명체면 왜 '살아 있는 놈의 냄새가 난다' 이런 소리를 하는 건데?!"

태현은 불평하며 계속 거리를 벌렸다. 일단 골렘 같은 몬스터는 움직임이 둔했다. 거리를 벌리면 공격을…….

"……!"

퍼퍼퍽!

태현은 그대로 뒤로 나뒹굴었다. 큰 대미지를 받았을 때의 충격이 고스란히 느껴졌다.

[저주받은 살덩이 골렘의 저주를 맞았습니다. 이동 속도가 느려집니다. 체력이 흡수됩니다.]

[신성 권능으로 인해 저주가 약화됩니다.]

'이거 장난 아니잖아?!'

망령 전사의 저주보다 훨씬 더 빠른 속도였다. 눈을 번쩍이면 그대로 날아오는 수준!

'반격의 원으로……!'

-죽어라, 살아 있는 놈!

"……!"

태현은 반격의 원이 갖고 있는 약점을 깨달았다.

'동시에 여러 군데에서 들어오면 튕겨내는 게 불가능해!'

"저주받은 살덩이 골렘은 저렇게 생겨도 마법사 타입에 가깝지."

"마법사 타입이요?"

윤주환은 고개를 갸웃거렸다. 저주받은 살덩이 골렘의 덩치를 봤을 때, 저런 놈이 마법을 잘 쓴다는 게 믿겨지지가 않았던 것이다.

마법을 잘 쓰는 건 역시, 뭔가 지적으로 생기고 똑똑해 보이는 몬스터였다.

"근접전도 강력한 놈이지만, 그건 원래 스탯이 좋아서 그런 거고, 따져보면 마법사 타입이야. 저렇게 저주 난사하는 거 봐라. 마나 회복 속도랑 마법 시전 속도가 어마어마해야 가능한 거지."

저주받은 살덩이 골렘의 겉모습에 속으면 안 됐다. 놈을 상대하기 위해서는 마법사를 상대하는 것처럼 상대해야 했다.

보통 골렘처럼 생각하고 상대하면 큰코다치기 쉬웠다.

"근접 계열 전사가 아니라 마법사 타입이면 김태현하고 상성도 안 좋지 않나요?"

"그렇지. 아무래도."

근접에서 강력한 공격을 휘두르는 전사 계열의 플레이어. 일대일에서 그 강함을 부정하는 사람은 아무도 없었다.

그러나 태현에게는 손쉬운 상대였다. 전사 계열의 플레이어는 회피를 뚫고 맞추는 스킬이 극히 적었던 것이다.

그에 비해 마법사는 온갖 저주를 갖고 있었다. 그중에는 회피를 무시하고 약화시키는 스킬들도 꽤 있었다.

"빨리 망치 집어넣고 칼 든 다음 덤벼야지. 지금 김태현 공격력 정도면 최대한 뻥튀기시키고 덤비면 쓰러뜨릴 수 있을 거야."

행운의 일격은 발동 조건이 불규칙할 뿐이지 성능 자체는 사기에 가까운 스킬이었다.

거기에다가 아키서스의 직업으로 받은 패시브 스킬들을 합치고, 태현의 천부적인 근접전 센스로 싸운다면⋯⋯.

'보여다오, 김태현! 네 재능을!'

"어, 도망치는데요."

"뭐?!"

콰콰콰콰쾅!

태현은 도망쳤다.

앞으로.

'이렇게 된 이상 두고 간다!'

태현은 이 던전을 완전히 깨려고 들어온 게 아니었다. 던전 끝에 있는 직업 스킬을 찾아 들어온 것이었다.

들고 있는 폭탄들을 꺼내서 골렘한테 던졌다. 정확히 말하자면 골렘의 윗부분인, 천장을 향해서.

그리고 동시에 달려들었다.

천장이 무너지는데 뛰어드는 건 미친 짓이나 다름없었지만 태현은 믿고 있는 구석이 있었다.

[회피에 성공했습니다.]
[회피에 성공했습니다.]
[회피에 성공했습니다.]

무수히 뜨는 창들!

태현 옆으로 미끄러지듯이 지나가는 암석 덩어리들이 소름 끼치는 소리를 내며 박살이 났다.

-돌아와라! 살아 있는 놈!

"너 같으면 돌아오겠냐?"

태현은 뒤도 돌아보지 않고 전속력으로 달렸다.

휘리릭-!

뒤에서 기묘한 소리가 들렸다. 골렘의 몸에서 혓바닥 비슷한 게 나오더니 채찍처럼 늘어지며 태현의 앞을 가로막은 것이다. 수십 줄기가 넘는 것 같았다.

-그림자 도약!

방랑자의 신발의 전용 스킬. 그림자 도약. 태현의 그림자가 뛰어오르더니 태현의 발판이 되었다.

태현은 발판을 딛고 연속적으로 뛰어올랐다. 채찍 하나가 태현의 발목을 잡았지만……

[회피에 성공했습니다.]
-완전한 도주!

이어지는 방랑자의 신발 전용 스킬. 공격을 포기하는 대신 엄청난 이동속도를 순간적으로 주는 스킬이었다.

살덩이 골렘은 욕을 퍼부으며 태현을 저주했지만 이미 거리는 벌어진 상태였다.

태현은 지하 신전 복도의 어둠 속으로 빠르게 사라져 버렸다.

한참을 달린 것 같았다. 발광 마법이 달린 아이템도 끄고서 달린 태현은 통로가 끝났다는 걸 깨달았다.

어느새 넓은 홀에 도착해 있었던 것이다. 가운데에는 계단을 타고 올라야 나오는 높은 제단이 보였다.

'여기인가?'

다른 사람이었다면 당장에 달려들어서 제단 위로 올라갔겠지만, 태현은 아니었다.

원래 가장 위험한 순간이 다 깼다고 방심하는 순간!

일단 주변부터 확인했다.

'아무것도 없는 거 같기는 한데……'

방금 두고 온 살덩이 골렘이 다시 나오지도 않았고, 망령 전사가 나오지도 않았다.

오히려 이러니까 불안해지는 게 사람의 마음.

'대체 뭐가 있는 거야?'

기다리고 주변을 찾아봐도 달라지는 건 없었다. 태현은 한 번 한숨을 쉬고 계단을 올라가기 시작했다.

계단에 발을 디디자 제단에서 빛이 나기 시작했다.

동시에 들리는 목소리!

-이곳의 정당한 후계자가 아니라면 즉시 돌아가라. 그대를 위해서 하는 말이다.

"······?"

설마 저 소리를 듣고 돌아갈 사람이 있을까? 아키서스의 화신이 아니어도 그럴 사람은 없을 것 같았다. 여기까지 오기 위해 한 고생을 생각해보면······.

-돌아가지 않겠다면 정당한 시험을 받게 되리라!

"아, 예."

태현은 귓등으로 흘리고 걸어 올라갔다. 목소리는 더 이상 들리지 않았다.

제단 위에 있는 것은 잘 말려진 양피지 하나. 태현은 다시 한숨을 쉬었다.

잡는 순간 무언가가 일어날 것 같은 느낌이 팍팍 들었다.

'도망칠 만한 곳은······ 저기군.'

태현은 폭탄을 꺼내 천장과 구석에 설치했다. 무슨 일이 생겼을 경우 부수고 도망칠 생각이었다.

싸우는 것보다는 일단 갖고서 빠져나가는 게 우선!

'대충 다 됐나? 그러면…….'

태현은 결심을 하고 손을 뻗었다. 그리고 양피지를 집어 들었다. 그러자 눈부신 빛이 뿜어져 나왔다.

[아키서스의 권능을 얻었습니다.]

[신성이 150 증가합니다.]

[명성이 150 증가합니다.]

[모든 스탯이 5 증가합니다.]

[직업 스킬 퀘스트를 완료했습니다. 각 신전에 당신의 이름이 알려집니다.]

'응?'

태현은 움찔했다. 방금 뭔가 불길한 메시지가 나온 것 같았는데?

[<신성 권능>의 스킬 레벨이 올라갑니다.]

[<신의 품격>의 스킬 레벨이 올라갑니다.]

[직업 스킬 <신수 소환>을 얻었습니다.]

[권능을 얻음으로써 유일한 아키서스의 화신으로 인정받았습니다. 고대 신의 망령이 깨어납니다.]

"뭐?"

콰콰콰콰콰쾅!

고대 신의 망령이 깨어난다는 게 무슨 소리냐고 묻기도 전에, 제단이 터져 나갔다.

[회피에 성공합니다.]
[회피에 성공합니다.]

회피에는 성공했지만 태현은 제단에서 날아가 바닥에서 굴렀다.

뭔가 나올 때를 대비해 폭탄을 곳곳에 설치했지만, 제단이 먼저 날아갈 거라고는 예상치 못했다.

-누가 감히 이 신성한 곳에 발을 디디느냐!

"……!"

제단이 터져 나간 곳에 나타난 건 거대한 검은 덩어리였다. 꿈틀거리는 암흑은 아주 깊게 울리는 목소리로 외쳤다.

-화신의 후계자가 드디어 찾아왔구나! 나는 그대를 기다리고 있었노라!

"음?"

긴장하던 태현은 고개를 갸웃거렸다. 기다리고 있었다니. 그렇다면 안 싸워도 되는 건가?

"그러면 가도 되나?"

-침입자를 물리치는 것이 나의 사명. 화신의 후계자가 정당한 권능을 찾아가는 것을 보니 기쁘기 그지없도다!

태현은 슬슬 뒷걸음질 치기 시작했다. 상대방은 그냥 자기 할 말만 하는 것 같았다. 그러면 그냥 태현도 나가도 되지 않겠는가.

-그러나!

콰지직!

"……!"

순식간에 통로가 어둠으로 막혀 버렸다. 속마음을 들킨 것에 태현은 당황한 표정을 지었다.

-예전에 맹세한 대로, 나는 정당한 화신의 후계자를 시험하겠노라! 나를 쓰러뜨려라!

"……."

태현은 욕설이 나오는 걸 참아야 했다.

[고대 신의 망령이 제압 스킬을 사용합니다. 신성으로 저항에 성공합니다.]

콰아아앙!

고대 신의 망령 주변으로 강력한 충격파가 터져 나왔다. 다른 플레이어였다면 바로 상태 이상에 빠졌을 스킬이었다.

그러나 태현은 신성이 있어서 견딜 수 있었다.

'젠장…… 침입자도 막고, 후계자도 시험하고. 그런 건가?'

속으로 혀를 찼지만 상황은 달라지지 않았다. 태현은 재빠르게 머리를 굴렸다.

지금 할 수 있는 건?

'도망이지!'

태현은 주저하지 않고 설치된 폭탄을 작동시켰다.

콰콰콰콰콰쾅!

[정교한 장치로 폭탄을 폭발시켰습니다. 기계공학 스킬이 증가합니다.]

폭음과 함께 곳곳에 구멍이 나기 시작했다. 그 덕분에 고대 신의 망령이 막은 길이 뚫려 버렸다.

-무슨 짓이냐! 후계자여! 정정당당하게 나를 상대해라!

"헛소리하지 마라! 너를 쓰러뜨릴 생각이었다면 파티를 끌고 왔겠지!"

판타지 온라인 1에서는 대부분의 공략을 혼자서 했지만, 그건 어디까지나 전부 다 계산을 한 뒤의 이야기였다.

계산이 서지 않을 때 멍청하게 덤벼들어서 죽는 건 절대로 태현의 스타일이 아니었다.

고대 신의 망령은 딱 봐도 엄청나게 강력한 보스 몬스터. 현재 태현이 몇 개 안 되는 스킬과 스탯만 믿고 덤비기에는 너무 위험했다.

일단 빠져나가야 했다. 어차피 권능은 얻은 상황. 보스 몬스터를 잡고 보상까지 얻을 필요는 없었다.

타타타탓-

[강력한 적을 상대로 연속해서 도망치는 데 성공합니다. 민첩이 1 상승합니다.]

[지구력이 1 상승합니다.]

[스킬 <도망치기>를 얻었습니다.]

우르르 뜨는, 뭔가 굴욕적인 메시지창들!

방랑자의 신발에 달려 있는 <완전한 도주> 스킬은 순간적으로 폭발적인 이동 속도를 준다면, <도망치기> 스킬은 도망칠 때 꾸준하게 이동 속도를 올려주는 스킬이었다.

같이 쓴다면?

-거기 서라……!

"……?!"

거리를 빠르게 벌린 태현은 깜짝 놀랐다. 제단 주변에서 못 나올 줄 알았는데, 놈이 밖으로 나와서 따라오기 시작한 것이다.

'어디까지 오는 거야?'

궁금하기는 했지만 멈출 수는 없었다. 원래 도망칠 때 가장 멍청한 짓이 뒤를 보면서 머뭇거리는 것이었다.

도망을 칠 때는 최선을 다해서!

태현은 뒤도 돌아보지 않고 전력질주했다.

-돌아왔구나, 살아 있는 놈!

"저리 비켜!"

행운의 일격 4중첩!

태현은 고대의 망치로 살덩이 골렘을 후려갈겼다. 살덩이 골렘은 비틀거렸지만 껄껄 웃으며 버텼다.

-약하다! 살아 있는 놈! 이번에 내 공격을 받아봐라! 잠깐…… 어디를 가는 거냐! 또 도망가는 거냐!

태현이 바빠 죽겠는데 망치를 꺼내서 휘두른 데에는 이유가 있었다.

살덩이 골렘이 맞고 반격을 준비하느라 길을 내준 것이다.

태현은 잽싸게 그쪽으로 파고들어 다시 도망쳤다.

-거기 서라! 살아 있는 놈! 당장 돌아와…… 크허어억!

"……!"

살덩이 골렘이 비명을 질렀다. 뒤에서 쫓아온 고대 신의 망령이 그대로 살덩이 골렘을 집어삼킨 것이다.

거대한 어둠 덩어리가 살덩이 골렘을 집어삼키는 장면은 그야말로 소름이 돋는 광경이었다.

[살덩이 골렘을 쓰러뜨리는 데 도움을 줬습니다. 경험치가 상승합니다.]

[레벨 업 하셨습니다.]

"뭐?!"

달리던 태현은 깜짝 놀랐다. 아무리 도망치던 중이라도 이건 너무 놀라워서 어쩔 수가 없었다.

직접 처치한 것도 아닌데, 도움을 줬다고 바로 레벨 업을 하다니.

그렇다면…….

'망령 전사하고 살덩이 골렘의 경험치가 대체 얼마나 되는 거야?'

단순히 계산해도 바로 짐작이 가는 어마어마한 경험치 양들!

태현은 도망치면서 입술을 깨물었다. 이 정도로 레벨 업이 가능한 사냥터였다면 차라리 그냥 던전 사냥을 각오하는 게 나았을지도 몰랐다. 이런 던전이 또 언제 나올지 알겠는가!

그러나 이미 늦은 상황. 태현은 가슴으로 울었다.

-거기 서지 못하겠느냐, 후계자!

그리고 그 뒤에서 끈질기게 쫓아오는 망령의 목소리가 들렸다.

"태현 님! 돌아오셨군요!"

"뛰어!"

"예?"

"뛰라고, 이 자식아! 귀 막혔냐!"

태현은 말 못 알아듣는 사람을 위해 시간을 낭비해 주는 착한 사람이 아니었다. 달리면서 루포의 뒤통수를 한 대 때리고 그냥 그대로 달렸다.

"……??"

던전의 입구에서 기다리던 루포는 당황했다. 이게 대체 뭔 소리야?

그리고 바로 이해했다.

저 멀리서 거대한 어둠의 파도가 밀려오고 있었다.

"으아아악!"

루포는 비명을 지르며 달리기 시작했다. 아무리 그가 뛰어난 검사라지만 이런 좁은 통로에서, 저런 정체도 모르는 괴물과 상대하고 싶지는 않았다.

"같이 가요! 같이 가자고요!"

둘은 던전의 입구를 지나 아까 내려온 천장의 구멍 밑까지 도착했다.

"밧줄 던져!"

"예!"

"먼저 간다!"

"예?"

루포가 알아차리기도 전에 태현은 먼저 밧줄을 타고 올라갔다. 루포는 욕도 하지 못하고 허겁지겁 밧줄을 타고 따라서 올라갔다.

"헉, 헉헉…… 대체 저놈은 뭡니까?"

"나도 몰라. 제단에서 갑자기 나타났어!"

"제단이요? 그러면 아키서스의 권능은 얻으신 거죠? 얻었다고 해주세요!"

"당연히 얻었……"

탁-

구멍으로 기어 나온 태현은 눈앞에 있는 걸 보고 눈을 깜박였다.

단단히 무장한 해적들이 분노에 가득 찬 눈빛으로 그들을 포위하고 있었다.

"하하. 뭔가 오해가 있는 것 같은데."

태현은 양손을 들어 올리며 그렇게 말했다.

"무슨 소립니까…… 헉."

바로 따라 올라온 루포는 분위기를 보고 입을 다물었다. 무장한 해적들이 무기를 겨누고 있었다. 딱 봐도 알 수 있었다.

들켰구나!

"당장 소지하고 있는 아이템들 다 버리고 따라와라!"

첫 번째 줄에 서 있는 해적들은 창을 겨누고 있었다.

두 번째 줄에 서 있는 해적들은 장전된 석궁을 겨누고 있었다.

그 뒤에는 귀한 해적단 소속 마법사들까지 보였다.

'들킨 지 좀 된 거 같은데?'

아무리 봐도 급하게 모인 인원이 아니었다. 그들이 내려간 걸 알게 된 다음 단단히 준비를 한 것 같았다.

태현은 루포에게 속삭였다.

"루포, 뚫을 수 있겠냐?"

"예? 이 포위를요?"

루포는 어림도 없다는 듯이 고개를 저었다. 카테란드 해적단은 결코 약하지 않았다.

게다가 여기 포위망을 구성하고 있는 놈들을 보니, 해적단 중에서도 실력이 좀 되는 놈들을 데리고 온 것 같았다.

"정말 실망이군. 우리는 너희를 믿고 들여보내 줬는데. 감히 이런 짓을 하다니 말이야."

"맞아! 이런 신의도 없는 도둑놈들!"

해적단 백병대장이 말을 시작하자 다른 해적들이 화가 난 목소리로 외쳤다.

일도 잘하고 해서 믿었는데 이렇게 뒤통수를 치다니!

그러나 태현은 당당했다.

"해적들이 뭐라는 거야?"

"뭐라고?"

"너희도 훔친 거잖아! 훔친 걸 다시 훔치는 게 뭐가 잘못이냐!"

해적들은 할 말이 없었다.

[화술로 말싸움에 성공합니다. 화술 스킬이 오릅니다.]
[악명이 1 오릅니다.]

물론 말싸움에 이긴다고 이 상황에 도움이 되지는 않았다.

"시끄럽다, 이 도둑놈들! 너희 모두에게 이 책임을 묻겠다. 너희 상단 놈들이 아무리 머리를 굴려봤자 결국 우리 데넬슨

대장의 손바닥 안이라 이거지!"

"대장님이 밖에서 기다리고 계신다! 빨리 데리고 가자!"

해적들이 점점 다가오기 시작했다. 태현은 계산을 해봤다. 과연 그의 계산대로 될까?

조금 더 시간을 끌어야 할 것 같았다.

"데넬손은 어떻게 우리가 이런 짓을 한 걸 안 거지?"

"후후. 아무도 우리 대장을 속일 수는 없지."

이미 완벽하게 잡았다고 생각했는지, 해적은 입을 열었다.

[화술로 사람을 속이는 데 성공합니다. 스킬 <사기>를 얻습니다.]

"……."

좋긴 좋았지만, 태현은 순간 회의감이 들었다.

왜 화술 관련 스킬은 이리도 잘 얻어지지?

데넬손이 잠에서 일어난 건 부하의 보고 때문이었다.

"무슨 일이냐?"

"대장님! 밑에서 보고가 있었습니다."

"무슨 보고?"

"그 지하에 가둬놓은 귀족 놈 있잖습니까!"

"아. 그 시끄러운 놈."

데넬손은 바로 알아들었다. 마르셀 백작은 해적들 사이에서도 유명했다. '귀족 주제에 겁 많고 능력 없는 놈'으로.

인질로 잡혀온 주제에 아주 태연하게 술을 더 달라고 하지 않나, 현실 감각이 없는 것 같은 놈이었다.

"그놈이 일어나서 시끄럽게 뭐라고 하는데…… 말씀드려야 할 것 같아서 말입니다."

"무슨 소리냐?"

갇혀 있던 마르셀 백작은 잠결에 옆에서 나는 소리를 들었고, 그것 때문에 해적들을 불러서 불평을 한 것이다.

–사람 자는데 자꾸 옆에서 시끄럽게 하지 마라!

그걸 들은 해적은 뭔가 이상하다 싶어서 데넬손에게 보고를 하러 온 것이다.

그걸 들은 데넬손의 얼굴이 굳어졌다. 데넬손을 절대로 멍청한 사람이 아니었다.

"설마……."

"예?"

"따라와라. 확인을 해봐야겠다."

백작이 갇혀 있는 곳의 끝에 있는 곳은 해적단의 보물이 있는 창고.

설마 거기를 열지는 못하겠지만…….

덜컥- 덜컥-

창고의 문은 열리지 않았다. 데넬손은 그제야 그가 갖고 있는 열쇠가 바꿔치기 당했다는 걸 깨달았다.

"이런 도둑놈들이!"

데넬손은 대노해서 외쳤다.

"당장 부하들을 불러 모아라! 이 상단 놈들을 찢어 죽여야겠다!"

"예?!"

해적은 당황했다. 최근 상단이 데리고 온 일꾼들 때문에 섬 생활이 편했던 것이다.

그러나 데넬손이 화내는 걸 보니 그런 걸 말할 때가 아니었다.

"섬 주변에 있는 일꾼 놈들은 모조리 잡아서 묶어라! 마법사들을 불러서 이 문을 열게 하고! 이놈들을 절대로 가만히 내버려 두지 않겠다!"

데넬손은 고래고래 소리를 질렀다. 그러나 그는 알지 못했다. 방금 일어난 일은 앞으로 일어날 일과 비교한다면 아주 작은 일이었다는 것을.

CHAPTER 6

창고의 문은 머지않아 열렸다. 마법사들은 데넬손이 화를 내자 쩔쩔매며 급히 움직였다.

"놈들은?!"

"여, 여기 구멍을 내고 밑으로 내려간 것 같습니다."

"왜 구멍을 내고 내려간 거지?"

"……."

대답하는 해적들은 없었다. 그들도 이유를 몰랐다. 데넬손의 머리가 빠르게 돌아갔다.

이 상단 놈들이 이 밑에 무언가가 있어서 여기 온 거였구나!

그들도 모르는 비밀이 이 밑에 있었다니. 데넬손은 심각하게 얼굴을 굳혔다.

"이 주변을 완전히 포위해라. 놈들이 안 올라올 수는 없겠지. 올라오는 순간 즉시 붙잡아서 내 앞으로 데리고 와라! 내가 직접 심문하겠다!"

"예!"

상단 놈들이 이렇게까지 해서 얻어내려고 할 비밀이라면 분명 가치가 있을 것이다. 데넬손은 그렇게 생각했다.

"……그렇게 된 거다."

"백작 놈 때문이잖아!"

태현은 울컥해서 외쳤다. 데넬손의 뛰어난 머리는 무슨. 저눈치 없는 마르셀 백작이 주절거리지만 않았어도 들키지 않았을 일이었다.

"하, 하하…… 미안하네. 나는 몰랐지."

저 멀리 마르셀 백작이 보였다. 그는 해적들 사이에서 안절부절못하고 있었다. 이제야 그가 무슨 짓을 한 지 안 것 같았다.

루포와 태현은 그를 죽일 듯이 노려보았다. 마르셀 백작은 시선을 어색하게 피했다.

계속 노려보자 마르셀 백작은 억울하다는 듯이 가슴을 치며 말했다.

"아니, 내가 알고 그런 게 아니지 않나! 그러게 누가 그렇게 시끄럽게 움직이라고 했나!"

"……."

태현보다 루포가 더 열받아 하고 있었다. 태현은 루포를 말리며 고개를 저었다. 지금 저놈을 팰 때가 아니었다.

그 순간 뜨는 메시지창!

<카테란드 섬을 탈출하라>

카테란드 해적단의 대장 데넬손은 그를 속인 사람들에게 매우 분노한 상태다. 그를 속이고 명예를 더럽힌 자에게 복수하기 위해서라면 모든 방법을 다 쓸 게 분명하다.

데넬손과 그 밑의 해적단을 따돌리고 살아남아라. 살아남을 수 있다면 당신의 이름은 한동안 전설이 될 것이다.

보상: ?, ??, ??

'전설이고 뭐고…….'

해적단을 속이고 따돌릴 수 있다면 한동안 명성이야 얻겠지만, 할 수 있느냐가 문제였다.

그러나 퀘스트는 그걸로 끝이 아니었다.

<아탈리 왕국군 협력 퀘스트-카테란드 해적단 섬멸 작전>

당신은 정의로운 마음으로 카테란드 해적단을 속이고 들어오는 데에 성공했다.

'응?'

뭔가 퀘스트 설명에 이상한 게 있었다. 정의로운 마음이라니. 태현은 다시 읽었다.

<아탈리 왕국군 협력 퀘스트-카테란드 해적단 섬멸 작전>

당신은 정의로운 마음으로 카테란드 해적단을 속이고 들어오는 데에 성공했다.

당신의 정보를 들은 아탈리 왕국 해군은 함대를 이끌고 카테란드 섬 주변에 도착했다.

그들과 협력해 카테란드 해적단을 섬멸한다면 왕국에서 당신의 이름을 오랫동안 기억할 것이다.

보상: ?, ??, ??? 아탈리 왕국 접견 기회.

"⋯⋯!"

생각해 보니 여기서 멀지 않은 곳에 아탈리 왕국 해군이 있었다. 만약을 대비해서 루포에게 시켰는데, 벌써 와 있단 말인가.

'하긴, 왕국 해군이라면 해적들에게 많이 시달렸을 테니⋯⋯.'

신호만 하면 올 수 있을 것이다. 태현은 가능성이 조금 올라갔다고 생각했다.

그러나 퀘스트는 그걸로 끝이 아니었다.

<위대한 탈출-사람들을 구해라>

섬에 있는 사람들은 당신만이 아니다. 맥크레니 상단이 데리고 온 사람들은 섬에서 해적들에게 갇혀 있는 상황.

그들을 버리지 말고 같이 탈출하라. 만약 성공한다면 당신의 이름은 그 고결함으로 오랫동안 기억될 것이다.

보상: 구출한 사람들의 숫자에 따라 신성, 명성 획득. 아키서스 교단의 이름이 더 빠르게 퍼져나감.

"……!!"

태현은 고민에 빠졌다. 데리고 온 사람들까지 구출해 나가라고?

이건 아키서스의 화신과 관련된 퀘스트 같았다. 신의 화신이니만큼 사람들을 구하는 위대한 일을 하면 그에 따른 보상이 들어오는 거겠지.

실제로 신성이나 명성, 이름이 빠르게 전파되는 건 매우 좋은 보상이었다.

'여기 끌려온 사람들이 대충……'

간단하게 계산해도 신성과 명성을 몇 배로 늘릴 수 있는 기회!

명성은 몰라도 신성은 태현에게 매우 중요했다.

'회피로 모든 걸 피할 수는 없어.'

태현의 스탯은 다른 플레이어들보다 압도적이었지만, 약점도 분명했다. 레벨 업이 힘든 것이다.

공격을 최대한 피하거나, 막아서 대미지를 줄여야 했다.

전자는 강력한 행운이 있으니 대부분의 공격은 회피가 가능하지만, 회피 불가능한 공격이 문제였다.

'그걸 보완해 주는 게 〈신성 권능〉이다.'

〈신성 권능〉.

신성에 따라 받는 대미지를 낮추는 간단한 패시브 스킬이었지만, 절대로 약한 스킬이 아니었다.

레벨 업이 힘든 태현은 이 두 가지 방어에 전념해야 했다. 그런 면에서 신성은 매우 필요한 스탯이었다.

문제는 지금 상황에서 사람들을 구출해서 데리고 나갈 수 있느냐, 였다.

'솔직히 혼자 나가는 것도 힘들 것 같은데…….'

"시끄럽다! 빨리 무기를 내려놓지 않는다면 몸에 구멍부터 하나 뚫어주고 시작해 주지!"

고민하는 동안, 해적이 짜증이 났는지 그렇게 외쳤다. 사실 꽤 기다린 편이긴 했다.

태현은 고개를 들었다. 저 밑에서 소리가 들려오고 있었다.

'드디어 왔나.'

"태, 태현 님."

루포도 그 소리를 들은 것 같았다.

"설마…… 아니죠?"

고대 신의 망령이 엄청나게 강력하기는 했지만, 던전 안에서 나올 거라고는 생각하지 않았다.

일단은 던전을 지키는 수호자 같은 거였으니까!

그러나 밑에서 들리는 소리는 루포의 기대를 배신했다.

"맞는 것 같은데."

태현은 씩 웃었다.

그리고 바닥이 통째로 무너져 내렸다.

-감히! 나를! 두고! 도망치다니! 후계자여!

"으아아아악!"

"이게 뭐야!"

해적들은 비명을 지르며 도망쳤다. 저 지하에서 갑자기 검은색 거대한 게 솟구쳐 나오더니, 사방을 모조리 때려 부수기 시작한 것이다.

이 안에 있다가는 갇혀 죽기 딱 좋은 상황!

"태현 님! 갑시다!"

덕분에 포위망도 풀렸다. 루포는 속으로 감탄했다. 설마 저걸 기다리고 있었다니. 보통 사람으로서는 절대로 할 수 없는 짓이었다.

아무리 해적들에게 잡혀가는 게 싫어도 그렇지, 저런 괴물을 기다리는 건 미친 짓 아닌가.

"저, 저거……."

"예?"

태현은 아쉽다는 듯이 고대 신의 망령을 쳐다보았다. 그가 올라온 곳 밑으로, 창고의 보물들이 쏟아져 내려가고 있었다.

'아까워 죽겠네!'

"아니, 지금 저거 신경 쓸 땝니까?!"

"시끄러. 아까운 건 아까운 거지."

태현은 말을 마치고 바로 움직였다. 그 와중에 해적 중 하나가 태현을 막으려 했지만…….

"젠장. 그래! 어쩔 수 없지!"

[망령 전사의 검을 착용합니다. 악명이 증가합니다. 계속 착용하고 있을 경우 불운한 일이 일어납니다.]

악명이고 불운이고 일단 여기서 빠져나가야 했다. 해적들의 수준은 만만치 않았다. 할 수 있는 건 다 해야 했다.

태현은 망령 전사의 검을 들었다. 겉에서 풍기는 불길한 기운에 해적이 움찔하고 물러섰다.

"그, 그게 뭐냐?"

대답 대신 돌아온 건 태현의 공격!

[치명타가 터졌습니다!]

"크아악!"

해적은 비명을 지르며 물러섰다. 한 대 맞았는데 피가 절반 넘게 빠져나가고 시야가 흔들렸다.

"이 자식!"

루포야 딱 봐도 검사였지만, 태현은 요리사로 알려져 있었다. 상단이 데리고 온 요리사가 강해 봤자 얼마나 강하겠나 싶었던 것이다.

그러나 한 대 맞으니 바로 생각이 달라졌다.

[상대가 저주에 걸렸습니다. 지속적으로 저주 대미지를 받습니다.]
[악명이 오릅니다.]

'거 되게 신경 쓰이네.'

태현은 입맛을 다셨다. 그러나 지금 악명을 신경 쓸 수는 없었다. 태현은 바로 해적에게 달려들었다. 치명타를 맞았지만 해적은 다시 방어를 하려고 자세를 잡았다.

'검을 쳐내고……'

왼쪽으로 찌르는 척을 하자 해적이 움찔해서 검을 그쪽으로 돌렸다. 그러자 태현은 바로 몸을 틀어 검을 후려쳤다.

온갖 종류의 싸움에서 잔뼈가 굵은 사람만이 가능한 전투 방식!

가상현실게임에서 중요한 건 스탯이나 스킬 레벨뿐만이 아니었다.

개인의 센스도 중요했다. 아무래도 실제 몸을 움직여서 싸우는 것이다 보니, 아무리 스킬 레벨이 높고 스탯이 높아도 몸치라면 싸우는 게 힘들었다.

물론 상대방과 스탯 차이가 너무 심하다면 몇 대 맞아도 대미지가 없거나, 아예 느리게 보이겠지만, 태현의 스탯은 결코 낮은 수준이 아니었다.

거기에다가 타고난 전투 센스까지 더해지니 해적 정도로는 상대할 수가 없었다.

"크아아악!"

"가자! 루포!"

"예!"

[카테란드 해적단의 일원을 쓰러뜨렸습니다. 카테란드 해적단
이 당신을 적대합니다!]
[명성이 오릅니다.]
[적대도가 일정 수준 이상으로 올라가면 집단에서 당신을 공
격합니다.]

우르르 뜨는 메시지창들. 그러나 태현은 신경 쓰지 않고 넘
겼다.

카테란드 해적단이 암살자를 고용해서 태현한테 보내더라
도 지금 신경 쓸 일은 그게 아니었다.

뒤에서는 고대 신의 망령!

앞에서는…….

"태, 태현 님."

"에이……."

태현은 혀를 찼다. 밖에서 데넬손과 그의 부하들이 몰려오
고 있었다.

데넬손의 주먹이 부들부들 떨리는 것이 보였다. 잘생긴 얼
굴이 일그러질 정도로.

"많이 화난 것 같지?"

"……네, 그런 것 같습니다."

루포는 고개를 절레절레 저었다. 일단 무너지는 건물에서 빠져나오기는 했는데, 저 멀리서 우르르 몰려오는 해적들을 뚫는 건 힘들어 보였다.

"켁, 케헥……. 이봐! 날 좀 도와줘! 아무도 없나!"

부서진 건물에서 콜록거리는 익숙한 목소리가 들렸다. 둘은 동시에 고개를 돌렸다.

마르셀 백작이었다.

"하, 하하…… 안 도와줘도 될 것 같군. 내가 알아서…… 치우고…… 나오지."

마르셀 백작은 둘의 시선이 동시에 쏟아지자, 헛기침을 했다.

"지금 죽이면 해적이 죽인 걸로 처리되지 않을까?"

태현이 중얼거렸다. 그걸 들은 루포는 뜨악한 표정으로 고개를 저었다.

"아니, 아무리 그래도 그건 좀……."

"저거 지금 살려봤자 또 우리 엿 먹일 거 같은데……."

둘이 무슨 대화를 하는지도 모르고, 마르셀 백작은 천진난만하게 달려왔다.

"어떻게든 빠져나왔군. 자! 나를 데리고 돌아가 주게!"

"지금 저기 몰려오는 해적들 안 보이나?"

"어……."

마르셀 백작은 고개를 돌렸다. 살기등등한 얼굴로 해적대장 데넬손이 포위망을 다시 만들고 있는 게 보였다.

건물이 무너지고 부하들이 죽어도 데넬손은 눈 하나 깜짝하지 않았다.

오히려 이런 소란으로 태현이나 루포가 도망치지 못하게 포위망부터 만들었다.

과연 해적대장이라고 불릴 만한 인물!

마르셀 백작은 어설픈 웃음을 지었다. 그리고 해적들에게 뛰어가기 시작했다.

"항복! 항복! 나는 항복이야!"

"저, 저거⋯⋯."

루포는 울컥해서 한 대 때리려고 했지만 태현이 팔을 잡았다.

"지금 그럴 때가 아니다."

"어떻게 하죠?"

"포위망을 뚫고 나가서 왕국군을 불러야지. 왕국군은 어떻게 부르게 되어 있지?"

"신호탄을 쏘면 왕국군이 오기 시작할 겁니다."

"신호탄은 어디 있고?"

"저희 배에 있죠."

"그리고 그 배는⋯⋯."

"⋯⋯해적들이 벌써 점령했을 테고요."

태현은 어깨를 으쓱거렸다. 어쩔 수 없었다. 그것밖에 방법이 없으면 해야지!

"가자. 왕국군을 불러야 해."

"가능하겠습니까?"

"가능하냐 불가능하냐의 문제가 아니라…… 되게 해야지!"

둘이 지하로 내려간 게 들켰으니 당연히 상단의 배도 해적들한테 뺏겼을 것이다.

신호를 보내려면 배로 가서 신호탄을 찾아야 했다.

"이 건방진 놈들이…… 나는 보이지도 않냐!"

그러나 그사이 데넬손과 해적들은 포위망을 거의 끝내가고 있었다.

지하 감옥과 창고가 부서지는 건 뒷목을 잡을 정도로 화가 나는 일이었지만, 데넬손은 화가 나는 와중에도 포위망을 완성시켰다.

저 두 놈이 그사이 빠져나갈 수도 있으니까.

"당장 무기를 버리고 항복해라! 이 사기꾼 같은 도둑놈들아!"

"나! 나 항복이야!"

마르셀 백작이 폴짝폴짝 뛰며 해적들에게 자신을 가리켰다.

그러나 단단히 화가 난 해적들한테 마르셀 백작은 눈에 들어오지도 않았다.

"항복해라! 항복하지 않으면……!"

"항복하면 뭐 달라지나?"

듣던 태현이 갑자기 궁금해져서 물었다.

"뭐라고?"

"항복하면 목숨을 살려주고 그런 건가?"

"어……."

말하던 해적은 고개를 돌려 데넬손을 쳐다보았다. 데넬손은 단호하게 고개를 저었다.

"아니다!"

"그러면 뭐가 좋은데?"

"어…… 항복하면 깨끗하게 죽여주겠다!"

"항복을 안 하면?"

"죽는다!"

"별 차이가 없잖아?"

"……닥쳐라! 공격! 공격!"

말을 거는 사이 태현과 루포는 자리를 잡은 상태였다.

고대 신의 망령이 밑에서 올라온 탓에 그 위 건물까지 전부 박살이 난 상황.

덕분에 부서진 돌덩이들이 많아 몸을 숨기기에는 적합했다.

파파파파팟-

해적들이 쏘아내는 화살들이 거세게 날아왔다. 둘은 돌덩이 뒤에 몸을 숨겼다.

"으악! 으악! 항복이라니까!"

마르셀 백작은 비명을 지르며 이리 뛰고 저리 뛰었다. 태현은 그걸 보고 신기해했다.

"이야, 그래도 용케 피하네?"

"지금 감탄할 때가 아닌 것 같습니다! 여기 계속 있을 수는 없어요!"

"그러면 저 화살들 사이로 돌진하자고? 나야 괜찮겠지만 너는 좀 많이 아플 것 같은데."

"⋯⋯다른 방법은 없습니까?"

"사실 저 밑에서 고대 신의 망령이 올라오기를 기다리고 있는데."

태현이 아래를 가리키며 말했다. 그걸 본 루포는 침을 꿀꺽 삼켰다.

방금까지 그들을 쫓아오던 고대 신의 망령. 그 모습을 생각만 해도 끔찍했다.

'이길 수 있나?'

저 앞에서 대기하고 있는 화난 해적들과 저 밑에 있는 고대 신의 망령. 둘 중 누가 더 끔찍한지 비교하기가 힘들었다.

"그…… 래도 됩니까?"

"야. 나도 저 정체 모르는 놈이랑 싸우고 싶지 않아. 그렇지만 어쩌겠어. 저기 해적들이 얌전히 지나가게 해주지는 않을 거 아니야."

태현의 말이 맞았다. 여기 몰린 해적들이 갑자기 비켜주지는 않을 테니까.

포위를 뚫기 위해서는 무슨 일이라도 일어나야 했다.

"그런데 왜 안 나오는 겁니까?"

"나도 그걸 생각하고 있었지."

"……설마 밖으로는 못 나오는 거 아니죠?"

"에이, 설마……."

태현은 그렇게 말하고서 살짝 불안해지기 시작했다.

'저 밑의 괴물이 안 나오면 해적들을 상대하기가 힘들어지는데.'

"권능은요?"

"뭐?"

"아키서스의 권능을 얻으신 거 아닙니까?"

"아, 얻었지."

"지금 써야죠! 지금 아껴둘 땝니까?"

"아껴둔 게 아니라 정신이 없어서 그랬는데."

태현은 말과 함께 새로 얻은 스킬을 확인해 보았다.

<신수 소환>

행운을 영구적으로 소모해서 신수를 소환합니다. 신수는 한 번 소환하면 되돌려 보내기 전에는 다시 소환할 수 없습니다.

'응?'

뭔가 생각했던 거랑 많이 달랐다. 공격 스킬도 아니고 방어 스킬도 아니고 소환 스킬.

게다가 행운을 영구적으로 소모해서 부르는 스킬이었다.

'사냥꾼이 부리는 동물 같은 건가? 음……'

행운을 영구적으로 소모한다는 게 마음에 걸렸다. 게다가 한 번 소환하면 되돌려 보내기 전에는 다시 소환할 수 없다니.

태현은 알아차렸다. 이 스킬은 괜히 행운을 아꼈다가는 아까운 행운만 손해 볼 수 있었다.

스킬을 쓴다면 과감하게 투자를 해야 했다.

'어느 정도로……'

"헉, 헉! 죽는 줄 알았네! 저놈들은 명예도 없나!"

고민하는 사이 마르셀 백작이 몸을 던져서 굴러들어왔다. 루포와 태현은 황당한 표정으로 마르셀 백작을 쳐다보았다.

마르셀 백작은 땀투성이가 된 얼굴로 고개를 흔들었다. 그리고 태현을 보며 어색하게 말했다.

"도, 도망칠 거면 나도 같이……"

"······."

태현도 혀를 내두를 정도의 뻔뻔함! 그러나 태현은 당황하지 않았다. 침착하게 종이를 꺼내서 내밀었다.

"이게 뭔가?"

마르셀 백작은 고개를 갸웃거렸다.

"여기다가 '나 마르셀 백작은 김태현한테 목숨을 구원받는 은혜를 받았고 그걸 반드시 갚겠다'고 써. 거기 뒤에다가는 '갚지 않을 경우 나는 명예고 뭐고 없는 쓰레기다!'도 같이 쓰고."

"뭐, 뭐라는 거냐! 내가 그런 걸 왜 써야 하나!"

태현은 대답 대신 마르셀 백작을 붙잡았다.

그리고 돌덩어리 위로 들어 올렸다. 아직 해적들은 화살을 무차별적으로 쏘고 있었다.

"으아악! 으아아아악! 내려줘! 내려줘!!"

마르셀 백작은 기겁해서 외쳤다. 그러나 태현은 아랑곳하지 않고 물었다.

"계약서를 쓸 생각이 들었냐? 응?"

"쓴다! 쓴다고! 쓸 테니까 내려줘!"

"더 공손하게! 더 절실하게 말해!"

"쓸 테니까 내려주십시오!"

[협박에 성공합니다.]

[협박 스킬이 상승합니다. 화술 스킬이 상승합니다.]

"흑흑…… 이런 나쁜 놈들……."

억지로 계약서를 쓰게 된 마르셀 백작은 옆에서 구시렁거리기 시작했다. 그러거나 말거나 태현은 곱게 품속에 종이를 넣었다.

나중에 돌아가게 되면 이걸로 두둑하게 벌 수 있을 것이다.

"저것들이…… 들어가서 잡아와라!"

화살을 쏟아부어도 둘이 나오질 않자 데넬손이 분노한 목소리로 외쳤다.

"예!"

해적들이 칼을 뽑아 들고 달려오기 시작했다. 그걸 본 루포가 다급하게 외쳤다.

"저 망령 놈 안 나오는 거 아닙니까?!"

"으윽……."

"다른 방법은 없습니까?!"

태현은 고민에 빠졌다. 신수를 지금 소환해야 하나?

신수는 함부로 소환할 수가 없었다. 딱 봐도 잘못 소환했다가는 일이 꼬이기 좋은 스킬.

여기를 빠져나가서 좋은 시간에 좋은 장소를 잡고 여유롭게 쓰고 싶었다.

그렇지만 지금 상황이 그렇지가 않았다. 뭐든 좋으니 써야 했다.

콰콰콰콰콰쾅!

그러나 고민은 길게 가지 않았다. 다시 한 번 폭음이 터지더니 고대 신의 망령이 지하에서 솟구쳐 나온 것이다.

-내가 올라왔다, 이 도망자 놈들!

"망령!"

"믿고 있었어!"

-뭐라고?

고대 신의 망령은 도망치던 둘이 환호하며 자신을 쳐다보자 당황했다.

데넬손은 눈살을 찌푸리며 물었다.

"저건 뭐냐?"

"지…… 지하에 있던 괴물인가 봅니다."

"상단 놈들이 찾던 것과 관련이 있는 건가? 상관없다. 같이 죽여 버려라! 마법사들은 준비됐나?"

"예, 예!"

카테란드 해적단은 규모가 컸다. 소속된 마법사들도 있었다.

원래라면 마법을 쓰지 않고 저 둘을 붙잡아서 아주 호된 맛을 보여주려고 했었지만, 고대 신의 망령이 나오자 생각이 바뀌었다.

"마법으로 저 주변을 날려 버려라!"

"예!"

우우우웅-

당연히 그 소리는 태현과 루포한테도 들렸다. 마법사들이 꽤나 강력한 마법을 준비하는 것 같자 둘은 당황했다.

"어떻게 할까요?!"

루포가 당황한 목소리로 물었다. 태현은 침착하게 방법을 생각해냈다.

"망령!"

태현은 고대 신의 망령을 향해 소리쳤다. 고대 신의 망령은 태현에게 시선을 돌렸다.

-……?

"저놈들이 너를 공격하려고 한다! 마법에 대비해!"

-후계자여. 네가 왜 나를 걱정하느냐?

"그야 네 상대는 나니까 그렇지! 다른 놈들한테 지지 마라!"

-감동적이구나! 당연히 그러도록 하겠다!

고대 신의 망령은 몸을 솟구치더니 검은색 덩어리들을 날려 대기 시작했다.

"이, 이런! 막아라! 마법사들을 보호해!"

목표가 된 해적 마법사들은 기겁해서 몸을 움츠렸다. 해적들은 방패를 들고 와서 마법사들 앞에 달려들었지만, 고대 신의 망령이 쓰는 마법은 결코 약하지 않았다.

한 번 맞을 때마다 대형 방패를 든 해적들이 튕겨 날아갔다.

"저놈이 너무 강합니다!"

"젠장! 안 되겠다! 방어막부터 펼쳐!"

공격하려던 해적 마법사들은 이를 갈며 방어막을 치기 시작했다. 일단 목숨이 중요했다. 공격하기 전에 죽으면 아무 의미가 없었다.

[적과 적을 싸우게 만드는 데 성공했습니다. 화술이 증가합니다.]

[스킬 <이이제이>를 얻습니다.]

헛바닥 하나로 적과 적을 싸우게 만드는 스킬. 태현이 하고 있는 짓과 정확히 일치했다.

고대 신의 망령은 과연 지하 던전의 보스다웠다. 몇 번의 공격으로 해적 마법사들의 발이 묶이자, 다음에는 부하를 소환했다.

-일어나라, 나의 전사들이여!

어둠이 뭉클거리며 끓어올랐다. 주변의 땅이 검게 물들고 거기서 으스스한 소리를 내며 익숙한 몬스터들이 걸어 나왔다.

망령 전사였다.

-싸워라, 나의 전사들이여!

망령 전사들은 묵직한 소리를 내며 전진하기 시작했다. 갑자기 나타난 언데드들의 모습에 해적들은 기겁했다.

"저게 뭐야?"

"대체 저런 놈이 어디서 나온 거지?"

"시끄럽다! 한눈팔지 마라. 적이 좀 늘었을 뿐이다! 쏴서 때려눕혀라!"

놀라긴 했지만 역시 카테란드 해적단은 만만하지 않았다. 순식간에 혼란을 수습하고 전열을 재정비했다.

"공격!"

파파파팍!

-질풍의 화살!

-트레칼로의 독화살!

해적들 사이에서도 뛰어난 궁수들은 있었다. 화려한 효과가 터져 나오며 망령 전사들을 때려눕혔다.

그러나 망령 전사들은 꾸준히 전진했다. 동료를 방패 삼아서 전진하는 망령 전사들!

"으랴앗!"

망령 전사들이 가까워지자 해적들은 고함을 지르며 달려들었다.

카카카카캉-

해적들의 외날검과 망령 전사의 검이 맞부딪혔다. 불꽃이 튀며 고함이 울려 퍼졌다.

-죽어라 하찮은 인간!

"크억!"

망령 전사는 독특한 싸움 방식을 갖고 있었다. 해적이 칼을 휘두르면 피하지 않고 그대로 맞은 다음, 동시에 때리는 것이다.

뼈를 주고 뼈를 치는 언데드다운 싸움 방식.

쓰러지는 망령 전사도 몇몇 보였지만 망령 전사는 생각보다 더 튼튼했다. 쓰러지는 해적들이 더 많이 보였다.

"이런 건방진 언데드 놈들이!"

그걸 본 데넬손이 폭발해서 달려들었다. 그가 달려들어서 칼을 휘두르자 망령 전사 둘이 그대로 날아갔다.

-거센 바다의 검!

물결이 몰아치더니 망령 전사들을 후려쳤다. 데넬손의 실력은 장난이 아니었다.

그걸 본 태현이 루포에게 물었다.

"이야, 더럽게 세네. 넌 이길 수 있겠냐?"

"……."

태현과 루포는 고대 신의 망령이 싸움을 시작하자마자 반대쪽으로 달아나기 시작했다.

길을 막는 해적 몇 명 정도는 루포와 태현이 순식간에 처리할 수 있었다.

어느 정도 거리가 벌어지고, 해적들이 고대 신의 망령 때문에 정신이 없는 것 같자 여유가 생겼다.

언덕 위에서 데넬손이 싸우는 걸 구경할 정도의 여유!

망령 전사들을 쓰러뜨리던 데넬손은 고대 신의 망령이 쏘아낸 마법을 후려쳐서 막아냈다.

"크윽!"

그리고 나서 눈에 들어온 것은 태현과 루포가 언덕을 지나 도망치는 모습이었다. 데넬손은 갑자기 혈압이 치솟는 것을 느꼈다.

"헉. 이쪽을 쳐다본다!"

마르셀 백작이 데넬손과 눈이 마주치자 당황해서 외쳤다.

"걱정 마. 망령들이랑 싸우느라 못 쫓아올 테니까. 가자!"

태현은 망설이지 않고 몸을 돌렸다. 고대 신의 망령은 태현이 도망치는 것도 모르고 신나게 해적들을 패고 있었다.

-나를 쓰러뜨려 봐라, 인간들이여! 으핫핫핫핫!

"이 영원히 저주받을 언데드 놈이 감히 내 섬에서!"

데넬손이 양손검을 뽑아 들더니 달려들었다. 뒤에 있던 마법사들이 일시에 마법을 걸었다. 버프 마법으로 인해 데넬손의 몸이 눈부시게 변했다.

그 모든 모습을 구경하던 최명성 팀장은 헛웃음을 터뜨리며 중얼거렸다.

"누가 보면 저놈이 영웅인지 알겠네."

"달려! 달려! 달리라고! 더 빨리 달리지 못해! 이 굼벵이보다 못한 놈아!"

"어흑흑!"

마르셀 백작은 눈물을 글썽거리며 달렸다. 거만한 태도는 이미 사라진 지 오래였다.

[사람을 강하게 다그쳐 일의 효과를 높였습니다. 전술이 증가합니다.]

[스킬 <가혹한 채찍질>을 얻습니다.]

<가혹한 채찍질>

일시적으로 HP와 MP를 깎고 다른 능력치들을 상승시킵니다.

'……'

저 거만한 백작을 눈물 콧물 흘리게 하며 달리게 만든 태현한테 딱 어울리는 스킬!

'아니 내가 뭘 가혹하게 했다고……'

그래도 스킬은 쓴다!

[가혹한 채찍질을 사용합니다. 마르셀 백작의 HP와 MP가 감소합니다.]

[전술 관련 스킬입니다. 명성과 악명의 영향을 받습니다.]

"헉! 허허헉!"

"태, 태현 님. 저러다 쓰러지기라도 하면……"

"쓰러지면 해적들이 죽였다고 하자고!"

1초도 고민하지 않고 나오는 간단한 대답! 그걸 들은 마르셀 백작은 더 울상을 지었다.

"지금 저놈 움직이는 거 느리다고 맞춰줄 때야? 해적들 쫓아오면 네가 상대할래? 뛰어야지! 뒤처지면 알아서 살아라!"

저 멀리 해적들이 보였다. 해적들은 갑자기 태현과 루포가 나타나자 깜짝 놀라서 외쳤다.

"저놈들 뭐야?!"

"막아! 다른 놈들 불러!"

태현은 대답 대신 검을 휘둘렀다.

"크앗!"

"불러봤자 못 온다, 이것들아!"

행운의 일격으로 몇 배가 된 공격력에, 치명타는 거의 기본적으로 터지고, 거기에다가 망령 전사의 검까지.

한 대 맞으면 해적도 피가 쭉쭉 닳았다.

게다가 루포도 만만치 않았다. 상단 소속이라 알려지지는 않았지만 검술로만 따지면 엄청난 실력을 가진 NPC였다. 이런 해적들로는 막을 수 없었다.

"대장! 대장! 도와주십쇼!"

"뭐? 대장?"

해적대장이면 데넬손밖에 없었다. 태현은 고개를 돌려 주변을 둘러보았다. 데넬손은 보이지 않았다.

대신 저 멀리서 덩치 큰 해적이 부하들과 같이 달려오고 있었다.

"아. 백병대장."

해적 백병대장도 대장은 대장이었다. 태현이 한눈을 파는 사이 해적은 기합을 지르며 덤벼들었다.

"죽어라!"

[회피에 성공합니다.]

"……."

태현과 해적의 시선이 마주쳤다.

"크아아아악!"

"이거 좀 미안하게 느껴지기 시작하는데."

그사이 해적 백병대장이 달려왔다. 백병대장은 거대한 철퇴
를 휘두르며 덤벼왔다.

쾅!

한 번 철퇴가 바닥에 찍히자 깊게 자국이 남았다. 제대로 맞
았다가는 몸을 가누지 못할 정도의 위력!

"덩치가 왜 이렇게 커?"

"오크 혼혈이 아닐까요?"

루포는 아무 생각 없이 한 말이었지만 백병대장에게는 엄청
난 도발이었다.

백병대장은 얼굴이 붉어져서 외쳤다.

"이 자식! 짓뭉개 주마!"

그걸 본 태현은 감탄했다.

"루포, 너…… 대단한데? 저런 식으로 도발할 줄이야. 상대
의 어머니를 공격하는 건 언제나 효과적인 도발이지."

"아, 아니…… 그러려고 한 게 아닌……."

루포가 아니라고 해봤자 이미 백병대장은 단단히 화가 난 상태였다.

쾅! 쾅! 쾅!

한 방, 한 방이 어마어마한 위력이었기에 일단 둘은 피했다. 그사이 다른 해적들이 달려들었지만…….

쉬쉭!

-질주하는 질풍의 윈!

루포의 검이 빙글 돌려지며 스킬이 사용됐다. 달려들던 해적들이 비명을 지르며 피를 흘렸다.

"으악!"

"피해!"

뛰어난 정통 검사는 이렇게 싸운다는 걸 루포는 보여주고 있었다. 아주 정석적인 모습이었다.

공격이나 방어 한쪽에 치우친 게 아니라 균형을 맞춰서, 단단한 바위처럼 흔들림 없이 하나씩 하나씩.

활을 든 해적 몇이 화살을 쏘아도 루포는 당황하지 않고 피해내거나 막아냈다.

그에 비해 태현은 싸우는 모습이 전혀 달랐다. 정통 검사가 아닌 다양한 직업 스킬을 전부 키우고 있는 태현만의 강함.

미친 듯이 칼을 휘두르며 공격을 퍼부었다. 방어는 거의 하지 않았다. 맞기 전에 천재적인 센스로 피하거나, 맞게 되면 행운을 믿고 회피 스킬로 피해냈다.

'어차피 신경 써줄 것만 피하면 된다. 나머지는 행운이 있으니까.'

상대하는 해적들 입장에서는 죽을 맛이었다.

태현의 공격력도 만만치 않은데, 움직임도 잽싼 것이다. 어떻게 둘러싸서 한 대 때려도 빗나가기 일쑤였다.

"이 자식 보통이 아니다! 조심해!"

"둘러싸서 동시에 찔러 버려!"

-방어의 원!

태현은 가타콰 검법의 스킬을 사용했다. 이름은 방어의 원이었지만 실제로는 적이 많을 때 쓸 수 있는 공격용 스킬에 가까웠다.

원 주변에 달려드는 놈들을 이어서 공격하는 연속 스킬!

퍽! 퍼퍼퍽! 퍼퍼퍼퍼퍽!

빛이 튀며 태현의 검이 빠르게 돌았다.

"비켜라! 내가 상대하겠다!"

다른 해적들이 줄줄이 죽어나가자 백병대장이 크게 외쳤

다. 그러자 해적들이 급하게 자리를 벌렸다. 백병대장의 공격에 휘말릴까 봐 거리를 벌린 것이다.

"죽어라!"

백병대장은 철퇴를 밑에서부터 쓸어 올렸다. 철퇴에 붉은 기운이 폭발적으로 일어나더니 넘실거렸다.

'스킬인가? 피해도 되겠지만⋯⋯.'

다른 사람이라면 피하기 힘들었겠지만 태현은 피할 자신이 있었다. 그러나 피하지 않았다.

자리를 잡고 스킬로 맞대응했다.

-반격의 원!

"아니, 태현 님?!"

옆에서 싸우던 루포가 깜짝 놀랐다. 저 스킬을 지금 쓰다니. 미친 것 아냐?!

"피하십시오! 뭐하는 겁니까!"

카카카카카캉!

원이 그려지고, 태현의 발이 살짝 뒤로 밀려났다. 워낙 강력한 스킬이었던 것이다.

그러나 백병대장은 그 정도로 끝나지 않았다.

"커어어억!"

철퇴가 박살 나고, 백병대장이 뒤로 튕겨져 나가서 쓰러졌다.

[완벽한 타이밍으로 반격의 원을 성공시켰습니다. 반격의 원 스킬 레벨이 오릅니다.]
[검술 스킬이 오릅니다.]

"대장!"
해적들이 깜짝 놀랐지만 태현은 아랑곳하지 않고 달렸다. 상대방이 쓰러졌을 때 완전히 쓰러뜨려야 했다.

[행운의 일격 지속시간이 끝났습니다.]
-행운의 일격, 행운의 일격, 행운의 일격, 행운의 일격!

순식간에 뻥튀기되는 공격력. 태현은 쓰러진 백병대장을 밟고 서서 정확하게 급소를 찔렀다.
"남아 있는 놈들은 모두 이렇게 해주마!"

[당신의 강함과 악명, 공포에 해적들이 겁을 먹습니다!]
[공포 스탯이 오릅니다.]
[협박 스킬 보너스를 받습니다.]
[스킬 <위압>을 얻습니다.]

\<위압\>

적들을 상대로 사기를 깎고 공포를 줍니다. 일정 이상으로 사기가 내려가고 공포가 올라가면 도망칩니다.

사기는 이런 싸움에서 꽤 중요한 스탯이었다. 아무리 숫자가 많아도 사기가 낮고 공포 수치가 많이 올라가면 도망치게 되어 있었다.

한 명이 도망치기 시작하면 숫자는 의미가 없었다.

'그러고 보니 내 공포 스탯이…… 벌써 80이야?!'

공포: 80

명성: 900

악명: 250

올리는 난이도만 따진다면, 공포나 명성, 악명 같은 추가 스탯들은 힘, 민첩 같은 스탯보다 훨씬 올리기 쉬운 편에 속했다.

명성? 퀘스트를 깨고 NPC들을 도와주면 그냥 명성이 올랐다. 악명이나 공포는 그냥 아무나 붙잡고 죽이면서 플레이하면 됐다.

그렇지만 저 정도로 올리려면 본격적으로 작업…… 아니, 노가다를 해야 했다.

말이 좋아서 작업이지, 엄청난 노가다였다.

주로 명성 작업, 악명 작업, 공포 작업 이런 식으로 불리면서 명성을 많이 주는 퀘스트들을 찾아서 깨거나, 작정하고 NPC들을 학살하거나…….

그런데 태현은 벌써 공포가 80에 악명이 250이었다.

'망령 전사의 검 때문인가?'

명성이 900이나 되니 악명의 영향을 받지는 않겠지만, 슬슬 찜찜하기는 했다.

공포나 악명이 높으면 싸울 때 좋기는 했다.

공포 스탯이 높으면 상대방이 쉽게 겁을 먹었다. 거기다 보스 몬스터를 상대할 때도 겁을 덜 먹었다.

악명도 명성처럼 여러 효과가 있으니 아주 쓸모없는 스탯은 아니었다.

'근데 이렇게 계속 올라가도 되나?'

갑자기 불길해지는 게 사람 마음!

공포와 악명을 올리는 건 전형적인 악당 캐릭터로 가는 길이었다.

"살려줘! 살려줘!"

"저놈은 악마다!"

남아 있는 해적들은 모두 반대쪽으로 뛰기 시작했다.

"누가 악마냐!"

"태, 태현 님. 일단 배로 가서 사람들을……."

"그러자고."

"그보다 그 반격의 원 스킬은 어떻게 쓰신 겁니까?!"

루포는 뛰면서 물었다. 궁금증을 참을 수가 없었던 것이다.

"어떻게 썼냐? 네가 가르쳐줬잖아. 아주 쓸 만하던데? 너 왜 지하에서 그거 안 썼냐? 하여튼 폼만 많이 잡아요."

"폼 잡은 거 아닙니다!"

루포는 억울해서 가슴을 쳤다. 폼을 잡았다니. 반격의 원을 쓰지 않은 건 쓰기 힘들어서였을 뿐이었다.

"그거 잘못 쓰면 그냥 '나 때려봐라'하는 것밖에 되지 않는 스킬이란 말입니다!"

"아, 그랬어?"

태현은 몰랐다는 듯이 어깨를 으쓱거리고 아무렇지도 않게 고개를 돌렸다.

루포로서는 뒷목을 잡을 만한 일!

'저, 저 인간이…….'

"다 왔다. 빨리 올라가자!"

"어? 뭔 놈들이…… 커헉!"

"뭐야? 다른 놈들 다 어디 갔…… 크학!"

"기습이다! 기…… 컥!"

상선 위에 있던 해적들은 한마디씩 하고 쓰러졌다. 태현은 가차 없이 그들을 후려갈겼다.

"바다 위로 꺼져!"

휘두르는 칼을 막아내고, 발로 걷어차자 해적은 비명을 지르며 바다 위로 떨어졌다.

"태현 님! 루포 님!"

갑판 위에 묶여 있던 상단의 직원들이 눈물을 글썽거리며 외쳤다. 루포는 재빨리 그들을 풀어주었다.

"다른 사람들은 다 여기 있나?"

"저희는 다 여기에 있습니다."

"데리고 온 사람들은?"

"그 사람들은 저기 섬 반대쪽에……."

"……"

상단의 직원들이야 상선 위에 있었으니까 해적들이 올라와 상선 위에서 가둬놨지만, 섬에 온 플레이어들은 섬 위에 있다가 잡혔으니 다른 곳에 갇혀 있었다.

"태현 님. 어떻게 해야 합니…… 뭐하십니까?"

"응? 신호탄 찾고 있잖아. 어디다 뒀나?"

"그, 데리고 온 사람들은……."

"데리고 온 사람들? 일단 왕국군부터 부르고 생각하자고. 신호탄 어디 있어?"

"저, 저기 통 옆의 상자에……."

태현은 숙련된 손놀림으로 재빨리 신호탄을 꺼냈다.

마법 신호탄:
마탑에서 품질 보장한 정품 신호탄이다. 유사품에 속지 마라.

'……?'

뭔가 이상한 설명이었지만, 태현은 일단 신호탄을 작동시켰다. 중요한 건 왕국군이었으니까.

펑! 펑! 퍼퍼퍼펑!

허공으로 마법 불꽃이 솟구치더니 밝게 퍼져나갔다. 아주 멀리에서도 볼 수 있는 불꽃이었다.

"해적들도 다 봤겠지?"

"아마 그럴 겁니다."

"데넬손도 봤겠지?"

"아마 그렇겠죠?"

"화가 많이 났을 것 같은데, 그냥 배 띄우고 튈까?"

"……"

모두가 생각하고 있지만 차마 하지 못한 말을 바로 꺼내는 게 바로 태현이었다.

"그러는 게 좋겠군!"

그리고 대답한 건 마르셀 백작이었다. 아까 치열한 싸움에서도 용케 다치지 않고 배 위까지 올라온 마르셀 백작은 허겁 지겁 외쳤다.

"당장 배를 띄우고 육지로 가야 해! 해적 놈들이 정신이 없을 때가 기회야! 왕국군들이 어느 정도는 막아주겠지!"

퍽!

"으허억!?"

태현은 마르셀 백작을 발로 걷어찼다. 쓰러진 마르셀 백작을 발로 밟고, 태현은 어깨를 으쓱거렸다.

"미안, 도망은 그냥 해본 말이었어."

"컥! 정말 도망치지 않겠다는 거냐? 저기 해적들이 보이지 않는다는 말이냐!"

"보이지, 보이는데……. 갑자기 이런 생각이 들더라고. 고대 신의 망령이랑 해적들이랑 치열하게 싸우고 나면, 이제 왕국 군까지 올 텐데…… 아무리 카테란드의 해적들이라고 해도 좀 힘들지 않을까?"

이이제이!

적으로 적을 공격하게 만든다. 지금 태현의 눈에 보이는 건 대박의 기회였다.

To Be Continued

우진 현대 판타지 장편소설
WISHBOOKS MODERN FANTASY STORY

다시 태어난 베토벤

1827년 한 남자의 죽음으로 고전 시대가 저물었다.

**그러나
그가 지핀 낭만의 불씨가 타오르니
비로소 새로운 시대가 열렸다.**

긴 시간이 흘러 찬란했던 불꽃도 저물어 갈 즈음,
스스로 지핀 불씨를 지키기 위해
불멸의 천재가 다시 태어났다.

〈다시 태어난 베토벤〉

**마치 운명이 문을 두드리듯
힘차게 손을 뻗어 외친다.
"아우아!"**

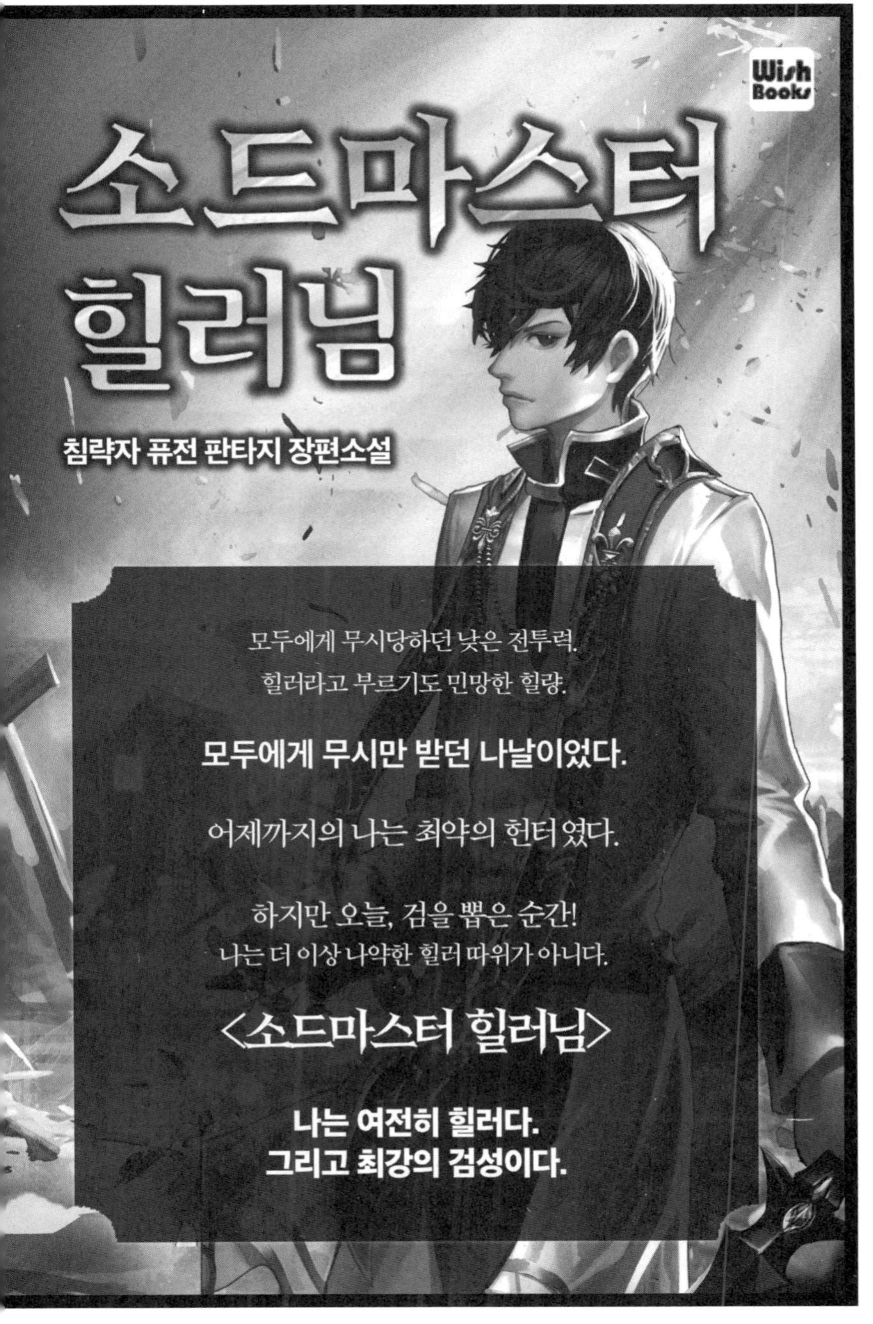

Wish Books
소드마스터
힐러님
침략자 퓨전 판타지 장편소설
모두에게 무시당하던 낮은 전투력.
힐러라고 부르기도 민망한 힐량.
모두에게 무시만 받던 나날이었다.
어제까지의 나는 최약의 헌터 였다.
하지만 오늘, 검을 뽑은 순간!
나는 더 이상 나약한 힐러 따위가 아니다.
<소드마스터 힐러님>
나는 여전히 힐러다.
그리고 최강의 검성이다.

마왕성 플레이어

트레샤 퓨전 판타지 장편소설
WISHBOOKS FUSION FANTASY STORY

신들의 전장, 하멜.

집으로 돌아가기 위한 마지막 싸움.
믿었던 동료가 배신했다!

[영혼 이식의 대상을 선택해 주십시오.]

뒤바뀐 운명. 최약의 마왕. 그리고⋯⋯

"이번에는 좀 다를 거다!"

어둠 속에 날카로운 칼날을 감춘,
마왕성 플레이어의 차가운 복수가 시작된다.